アウトブレイク・カンパニー
萌える侵略者12

榊　一郎

講談社ラノベ文庫

人物紹介

加納慎一
（かのうしんいち）

本作品の主人公。総合エンターテイメント商社〈アミュテック〉総支配人。〈アミュテック〉は、日本と神聖エルダント帝国の共同出資で設立された企業で、日本では『極東文化交流推進局』の下部組織にあたる。目的は日本のアニメ、漫画、ゲーム等、いわゆるオタク文化を異世界に輸出することで国際親善を図ること。高校入学後、約１年間のひきこもり生活をした後、両親から最後通告されて一転、就職活動を開始した結果、いつのまにか異世界に!?　ラノベ作家の父、元エロゲの原画師の母と妹・紫月（しづき）がいる。根っからのオタクだが、自分の嗜好に真摯で忠実な『骨のあるオタク』。ミュセルから魔法を習っていて、少しだけ使えたりする。

ミュセル・フォアラン

神聖エルダント帝国が賓客である慎一のために用意した専属使用人のメイド。この異世界では比較的地位の低い、エルフを母に人間を父に持つハーフエルフ。かつて軍隊に所属していたので、いざという時には攻撃魔法も使える。自分の出自に引け目を感じているが、真面目な性格で職務に献身的。だが、少しドジっ娘属性も持っている。慎一から思いもかけず平等に扱われたため、職業意識を越えた親しみを感じはじめて、今では……。日本語を学んだ最初のエルダント人の一人。〈アミュテック〉運営のオタク文化普及学校講師にもなっている。

陸上自衛隊東部方面隊第一師団所属一等陸士、と自称したが実は、三等陸曹。レンジャーと同等の能力を持つ自衛隊のゾンビー・ユニット。エルダントでの慎一のボディーガード兼監視役。けっこうな腐女子で、好物のＢＬ本が切れると大変なことが起こる。また、レイヤーでもある。その特性を見抜かれてエルダントでの活動に抜擢された。今や慎一と一緒にエルダントのオタク文化普及学校講師でもある。
古賀沼美埜里
（こがぬまみのり）
ペトラルカ・アン・エルダント三世
神聖エルダント帝国皇帝。年のわりに小柄で可愛い。胸はあまり大きくない。好奇心旺盛で何事にも積極的な性格なので、日本政府が用意した『オタク文化の輸入』に対しても好意的に応じた。実際に個人的にもオタク要素が豊富。アニメ等の視聴を通じてエルダントで最初に日本語を学んだ一人。慎一の行動を積極的に支持している。
エルビア・ハーナイマン
ウェアウルフの自称・放浪画家。実は、神聖エルダント帝国と敵対しているバハイラム王国から派遣されて諜報活動をしていたスパイ。ただしかなり雑魚で、さらにドジでもある。オタク文化普及学校や慎一たちの暮らす屋敷を軍事施設と誤認して写生していたところを美埜里に捕獲された。慎一の助命で〈アミュテック〉専属の絵師となる。急速にオタク的絵柄を身に付けている。

綾崎光流
（あやさきヒカル）
アニメ『薔薇姫』の水煉（すいれん）というキャラクターのコスプレが通常衣装という女装男子。慎一の後釜として政府が用意したオタク伝道師で、美貌に加え、コミュニケーション能力抜群、万事にそつがない完璧超人だったが、エルダントの事情を無視して暴走して失敗、今は慎一の補佐役として〈アミュテック〉の業務を手伝っている。
ブルーク・ダーウェン
慎一の屋敷に住む専属使用人、リザードマンの庭師。ブルークはリザードマンの中では『英雄』と呼ばれる傑出した戦士だったが、ある出来事を境に、同族を離れて、人間の社会で暮らしている。
シェリス・ダーウェン
ブルークの妻。リザードマン社会の有力な族長の娘で『お嬢様』。さる事情でいったんは夫と離れていたが、最近、一緒に慎一の屋敷に住み込み、ミュセルと共にメイドの仕事をしている。
的場甚三郎
（まとばじんざぶろう）
内閣府直轄『極東文化交流推進局』局長。極東文化交流推進局は、日本政府と異世界である神聖エルダント帝国の付き合い方を模索するために創設された組織。落ち着いた穏やかな物腰で優柔不断にもみえるが実は有能。オタク趣味やその手の知識は一切無い。

ガリウス・エン・コルドバル

ベトラルカの従兄にあたる帝族にして騎士。ガリウスの両親（ベトラルカの叔父夫婦）とベトラルカの両親は帝位継承を争ったあげくに双方共に毒を盛り合って死亡している。それぞれの派閥の妥協案として、帝位はベトラルカが継ぎ、ガリウスがベトラルカの摂政をすることになったのだが、彼自身は帝位への野心は乏しく、積極的にベトラルカの、主に軍事関係の補佐役を務めている。もともとの“男性好き”に加え、彼の嗜好に“本能的に”気づいた美埜里の積極的なアプローチで今や立派な……。

ロミルダ・ガルド

ドワーフの少女。父親はドワーフきっての工匠の一人で神聖エルダント帝国の重臣の一人でもある、帝都マリノス最大の工房の持ち主、ライデル・ガルト。慎一のオタク文化普及学校の生徒の一人で、今や立派なオタクに。ロイクとは犬猿の仲のはずが、いつしか仲良しに？

ロイク・スレイソン

エルフの少年。父親は神聖エルダント帝国の重臣、エリック・スレイソン。ロミルダと共に慎一のオタク文化普及学校の生徒の一人で、今や立派なオタク。かつて危機的状況を救われたことで、美埜里に『愛』を感じてプロポーズしている。

口絵・本文イラスト／ゆーげん

第一章　縁談は唐突に

部屋の中は静まりかえっていた。

どのくらいに静かかというと、僕の呼吸や鼓動の音すら、耳障りに聞こえるほどだ。

「…………」

もともと僕達の住む屋敷の『人口密度』は低い。というか、部屋数が二十を超える広い屋敷の中に、住人はわずかに七人——しかもそのうちの二人はたいてい、離れにいるので、本館の中は静寂に満たされている場所の方が遥《はる》かに多いのだ。正直言って、二十一世紀の平均的な日本人の感覚だと、持て余すくらいの大邸宅である。

だけど今、僕の周りに凝《こご》っている静けさは……そうしたものとはまた少し違っていた。

僕を含めて二人の姿が今この部屋の中にある。

いつもの僕の執務室。

壁際にはところ狭しと本棚が並べられ、大量の漫画だのラノベだの画集だのアニメのＤＶＤだのがみっちりと詰め込まれている。執務机はどっしりした重厚な造りで、僕一人じゃ動かせそうにもないような代物《しろもの》。全体的に中世西洋っぽい雰囲気の佇《たたず》まいであるため、漫画だの（以下略）や、専用棚に幾つも飾られたアニメやゲームキャラのフィギュアが、異彩を放って見えたりもする。

まあそういうオタクの部屋なのだ、ここは。

で——机について仕事をしている僕の正面、部屋の入り口の扉、その脇に一人の少女が立っている。

着ているものは濃紺のワンピースに加えて白いエプロン、長い亜麻色の髪を頭の左右で括り、さらに『これぞメイドさんの証』とでも言うべきフリル付きのヘッドドレスを着けている——それはもう、どこからどう見ても正真正銘にメイドさんそのものだった。

素直そうな、癖のない顔立ちはとても可愛らしく——清潔そうなその装いと相まって可《か》憐《れん》な印象が強い。

ミュセル・フォアラン。

この屋敷に勤めるメイドさんである。

もともと、本物の——イベントのレイヤーさんとか、コスプレ喫茶とかの店員さんではなく——メイドさんそれ自体が、庶民の小倅《こせがれ》に過ぎない僕からすればファンタジーの住人に等しいのだけれど、それに加えて彼女は、耳が尖《とが》っている。

いわゆる『人間』と似て非なる種族——エルフ。

ミュセルはそのエルフと人間の混血児《ハーフ》、すなわちハーフエルフだった。

ハーフエルフで、メイドさんで、しかも美少女。

萌《も》え要素過剰積載とも言うべき最終兵器な彼女は、さきほど僕のところに午後のお茶を運んできてくれた後、ずっとそこに佇《たたず》んでいる。ちょっと片付けてしまいたい仕事があるので、彼女とのお喋《しゃべ》りは早々に切り上げて僕は仕事を再開したのだけれど……いつものように彼女は部屋を出て行くことなく、扉の脇でこうしてずっと僕のことを眺めているのだった。

…………

「…………」

「…………」

僕はことさらに自分の呼吸と鼓動の音を意識する。

な……なんか気まずい。

別にミュセルは僕のことを睨《にら》んでいるわけではなく、むしろ、こう、うっすらと微笑を浮かべて……なんというか、慈しむよーな眼差《まなざ》しで、こっちを見つめているのだけれど。

やっぱりずっと視線を注がれ続けていると、こっちとしても気にはなっちゃうわけで。

いったい、どうしたんだろうか。

そういえばこの間の、アマテナとクラーラ――バハイラム王国の軍人さん二人がうちの屋敷に潜伏していたときから、なんだかミュセルの様子が少し変わったような気がする。

具体的には僕の側《そば》にいる時間が増えたというか、とりあえず給仕やら掃除やらの用が済んだ後も、そのまま僕の近くに留まっていることが増えた。

彼女はもちろん、きちんとメイドとしての仕事はこなしているので、時間的な余裕をどう使おうが、こっちは何か言うような筋合いでもないのだけれど、これは……

(うーん……)

自慢じゃないが、彼女いない歴イコール年齢のオタクとしては、その状況そのものがきついというか、ミュセルのような美少女と二人っきりというのは嬉《うれ》しいやら恥ずかしいやらで、若干、後者の気持ちが勝《まさ》ってしまって落ち着かないというか。

(考えてみれば美少女と二人っきりなんだよなあ)

というか……そういう時間を意識的にミュセルが作っているような気がするのは、僕の考えすぎというか自意識過剰だろうか。

「あ、あの、ミュセル?」

「はい」

「その、な、何してるの?」

「え? あ、その、シンイチ様のお側《そば》に……侍っております」

一瞬、はにかむように目を伏せてそう言うミュセル。

侍る……はべる……ハベル……HABERU……ううむ。

いや、まあ、その辞書的な意味だと、『身分の高い人のそばに付き従う』とか『かしこまってその席などにいる』だそうだから、ミュセルの感覚からすれば別に変なことはないのだろうけれど、やっぱり僕の知る限りこの単語をいちばん使うのは『美女を侍らせる』

とかそーゆー場合なので、ついつい、こう、変に意識しちゃうというかなんというか。

ミュセルも、なんでそんな恥ずかしそうな顔するの。

ああもう、落ち着け、僕。

「あ、あの、シンイチ様？」

ミュセルがふと表情を曇らせて尋ねてきた。

「お邪魔でしょうか……？」

「え？　いやそれは」

罪悪感が、ものすごい勢いで僕の後頭部にのしかかってくる。それだけミュセルの不安そうな——次の瞬間、泣き出しそうにさえ見えるその表情は、僕の、こう……胸の奥の何かに訴えかけるものがあった。

「そんなことない、全然ない、断じてない、絶対にない」

慌てて首を振る僕。

「けど……なんていうか、その、何するでもないのに、僕の側《そば》でじっとしてるって、つまんなくないのかなとか、その……」

「とんでもありません」

とミュセルもまた慌て気味に首を振る。

「シンイチ様のお側にいられるだけで、私——」

勢いに任せる感じでそう言ってから——急に言葉に詰まって、メイド服の胸元を、両手で押さえるミュセル。まるで胸が一杯だ、とでも言うかのように。

しかも目は伏せ気味で、その白い頬《ほお》には若干の赤みが差して。

うわぁ……それ反則だよミュセル。

そんな仕草と表情されたら、僕はもう、僕はもう……！

（落ち着け僕。ミュセルは――）

もともと差別されていたハーフエルフで。

だからハーフエルフに偏見を持ってない、どころかむしろ激烈に萌《も》えまくっちゃってる僕に、あくまで『感謝』しているだけであって、恋愛感情からこういうことをしているんではないのだ。ないはずなのだ。

僕は以前、幼馴染《おさななじ》みとの関係について、激しく恥ずかしい勘違いをしてしまった。単に『仲のよいオトモダチ』でしかない彼女が、僕のことを異性として好きなのだと自意識過剰にも思い込んでしまったのだ。自分が世間的にはキモいとかヤバいとか言われることの多いオタクであることも忘れて。

そういう経験があるものだから、僕は、ついつい都合のいい妄想を展開してしまう自分の感覚を――恋愛に関してはまったく信用していない。していないのだけれど、していないのだけれど、これって、これってやっぱり、その……そう……なのか？

ああもう、仕事なんか手につかない！

やっぱりこれってそうなのか？

でも、でも、不用意に確かめようとして、やっぱり僕の勘違いでした、なんてことになったら今度こそ僕は立ち直れない。恥ずかしさのあまりジェッ●モグラの如き勢いで回転しながら地面に穴掘って、そのまま埋まってしまいそうだ。

でも……でも……！

いいのか慎一《しんいち》！

ハーフエルフで、メイドで、もちろん美少女で、ツインテで、しかもドジっ娘《こ》属性もあって、でも健気《けなげ》で、料理も上手くて、真面目で、スタイルも実はけっこう良くて（前に水着姿は拝みまくった）――こんな完璧なくらいの理想の女の子、この好機を逃したら、二度と……二度と…………！

いまさらと言えば、とことんいまさらな話なのだけど――いざ意識しちゃうと、後はもうどうしようもなかった。

急速に高まる僕の鼓動。

無意味に高速回転して空転までしちゃう僕の脳。

思わず僕は――机を離れて、ミュセルの方に近付いて行く。じっとしていられない。何をどうしていいのかはわからないのだけれど、その、何もしないではいられない。

「シンイチ様……？」

ミュセルがその薄紫の――宝石みたいに綺麗《きれい》で大きな目を瞬《しばたた》かせて僕の方を見る。

若干、潤んでいるように見えるのも僕の気のせいか、それとも。

「ミュセル――」

僕は彼女の前に立つ。

互いの息が届くような、至近距離。

ミュセルは僕と――背中にした壁に挟まれる感じだ。

「………シンイチ、さま」

だけど僕を見上げる彼女の顔に怯《おび》えや嫌悪の表情はない。むしろ頬《ほお》を赤らめながら一度視線を逸らして――それから、何やら、決心したかのように僕の方を再び見つめてくる。

少なくとも彼女はこの体勢を嫌がってない。たぶん。きっと。おそらく。

すると……これはあれか。壁ドンか。母ちゃん飯――の方じゃなくて、リア充の奴らが臆面もなくやるという、やってのけるという、伝説のアレか、アレなのか！　アレを今やるべきなのか！　ガイアが僕にリア充になれと囁《ささや》いているのか！

それともいっそこのまま、彼女のこの細い身体を抱――

「シンイチ――ッ‼」

次の瞬間。

天井が落ちてくるんじゃないかってくらいの大声が、僕達を包んでいた静寂を吹っ飛ばし、ついでに蝶番《ちょうつがい》も吹っ飛ばすような勢いで、執務室の扉が開いた。

当然――

「へぐっ⁉」

扉のすぐ目の前にいた僕は、半回転する分厚い木の板に、横っ面《つら》をぶん殴られるような感じで直撃されていた。

そのまま僕は、ミュセルの前から横滑りするかのように跳んで、床に転がる。

「シンイチ様⁉」

慌てたミュセルの声が聞こえた。

どうやら僕が先に直撃を喰《く》らったせいで、彼女は被害を受けていないらしい。うん。いいよ。ミュセルが無事なら僕はそれで満足さ。ものっそい痛いけど！

分かってた。分かってたさ！

恋愛ドラマみたいな場面、僕には分不相応だってね！

神様の馬鹿ッ！

……っていうか。

「な、なにごと？」

「シンイチはおるか⁉　――って何をしておる？」

そう言いながら、ずかずかといった擬音を添えたくなるような歩調で部屋に入ってきたのは、小柄な女の子だった。

長い癖のない銀髪、陶磁器のように白い肌、目鼻立ちはくっきりとしていて、それでいて派手ではなく清楚可憐《せいそかれん》。まるで人形のように愛らしい少女である。その頭にいつも載っかっている黄金と紅玉の宝冠《ティアラ》も、彼女の一部であるかのように、実によく似合っている。

ついでに言うとランドセルとか背負ってたら似合いそうな感じだけど、彼女はもう十七でこっちの国では大人扱いである。

ペトラルカ・アン・エルダント三世。

僕が現在住んでいるこの異国――エルダント帝国の皇帝である。どっちかっていうと『お姫様』って言葉の方が、彼女の印象を正確に表すとは思うのだけど、彼女は本当に皇帝陛下なのでしょうがない。

同時に僕の雇い主――でもある。

すなわち異世界初の総合エンタメ商社〈アミュテック〉の、出資者の片方だ。

それはさておき……

「何って……自分の身のほどを痛いくらいに嚙《か》み締めてるところ」

床に『の』の字を人差し指で書きながら、僕はそう答えた。

「ふむ？」

一瞬、意味が分からないといった様子でペトラルカは僕を見て、それから壁際に驚いたまま立ち竦《すく》んでいるミュセルの方に目を向ける。

「……ミュセル」

「は、はい、陛下」

目を細めて名を呼んでくるペトラルカに、ミュセルは慌て気味に応じる。

「何をしておったのだ？」

「え？　いえ、別に、な、何も——」

「…………」

ペトラルカは何かを察した様子で、僕とミュセルを交互に眺めていたけれど。

「……まあ、良いわ」

そう言って、見た目ロリな皇帝陛下は溜《た》め息をついた。


神聖エルダント帝国。

それは日本政府が初めて接触した——異世界の国家だった。

日本の国土と『超空間通路』と呼称される穴によって繋《つな》がった、地続きの異国。文化の様式は中世ヨーロッパのそれによく似ており、国民もその大半が僕達の世界で言うところの西洋人に似ている。

ただしはっきりとこの国が、そしてこの世界が、僕達の世界と異なる点は、エルフやドワーフ、半獣人といった種族が、当たり前のように闊歩《かっぽ》している点、ドラゴンだの精霊だのといった生き物がいる点、そして何よりも魔法という特殊な技術体系が社会を支えるものの一つとして常識的に認知されていることだ。

要するに僕らから見れば、漫画だのアニメだのゲームだのに出てくるファンタジーそのままの世界……それがこの異世界であり、神聖エルダント帝国である。

　この異国との友好関係を築く手段の一つとして、日本政府はいわゆる『クール・ジャパン』――世界に冠たる日本のエンタメ作品群を輸出することを決める。

　そしてその窓口としてつくられた、異世界初の総合エンタメ商社、それが〈アミュテック〉社であり、その初代総支配人として選ばれたのが、この僕――加納慎一《かのうしんいち》だった。

　まあ、実際にはエンタメ作品の輸出は、文化侵略の手段だったり、それを知って駄々をこねた僕が日本政府に暗殺されかかったり、いろいろあったけども、それはさておき。

「……ところでペトラルカ」

　執務室から移動して――僕達は居間にいた。

　いかに仕事中とはいっても、ペトラルカは僕の雇い主である。やってきた彼女をもてなしもせずに放っておくわけにはいかない。〈アミュテック〉社は日本政府とエルダント帝国が共同出資している会社なので、会社そのものが半分は皇帝たる彼女の所有ということになる。

　まあそれ以前に、この屋敷もペトラルカから借りているものなのだけれど。

「どうして屋敷に？　基本的に城から出れないんじゃなかったっけ」

　カップを持ち上げて優雅にお茶を飲んでいるペトラルカへ、僕はそう尋ねた。

　ペトラルカは以前――僕が日本からエルダントに来て間もない頃、憂国士団〈ベイドゥナ〉というテロ集団に、人質にとられたことがある。

もちろん、今無事な彼女を見れば分かるように、そのテロ集団は鎮圧され逮捕、ペトラルカも無傷で救出はされたわけだけれど――絶対権力者たる皇帝陛下が、反国家勢力に人質にとられるなどというのは、前代未聞の醜態である。当然ながら、彼女の警護役の騎士達や、帝都の警備を担当する役職にあった官吏達は、責任を問われることとなり――ペトラルカ自身も、気軽に城を出ることができなくなった。それ以前は本当に、二、三人のお供を連れただけで、僕の屋敷や学校に遊びに来ていたのだけれど。

「なんじゃ。妾《わらわ》が遊びに来てはいかんのか」

ぷっと膨れっ面《つら》をしてそう言うペトラルカ。

これがまたものすごく可愛くて、思わず抱き締めて頭撫《な》で撫《な》でしたくなるくらいに萌《も》えるんだけども――自分の容姿が幼い感じなのを気にしているペトラルカは、迂闊《うかつ》な褒め方をすると怒る。まあそれ以前に皇帝陛下にそんなことしたら、不敬罪で首が（文字通りの意味で）飛びかねないけれども。

「そうじゃないけど……」

「ちゃんと護衛の者も連れてきたぞ。魔法使いも込みでな。ちょっとやそっとの不心得者が襲ってきても、即座に返り討ちじゃ」

「――外に五人ばかり控えているみたいよ」

窓辺から外を見遣《みや》ってそう言うのは、眼鏡を掛けた制服姿のお姉さんである。古賀沼美埜里《こがぬまみのり》さん。

僕の護衛役を務める女性自衛官《WAC》である。

目許が優しげな印象の美人さんで、物腰も柔らかく、ぱっと見には『癒やし系お姉さん』キャラなのだけど……そんな見た目に反し、射撃はもちろんだけど、格闘技の達人である。

もっとも、彼女の最大の外見的特徴は、その、DどころかEかFはあろうという、はわわでたわわな、けしからん胸だったりするのだけれども、それはさておき。

「でもガリウスさんはいないんですよね？」

いれば一緒に屋敷に入ってくるだろうし。

ガリウス・エン・コルドバル卿《きょう》――ペトラルカの従兄《いとこ》にあたる人で、エルダント帝国の軍事・警察面における最高責任者だ。ペトラルカと血縁であることが一目で分かる銀髪と翡翠《ひすい》色の眼に加えて相当な美形で、しかも頭も良く……天が二物どころか三物も四物も与えちゃったかのような人物である。

ただ――

「あら、慎一《しんいち》君がガリウスさんに会いたがるなんてっ。どういう風の吹き回し？」

身を捩《よじ》り、やたら嬉《うれ》しそうに言ってくる美埜里《みのり》さん。

この人――本当に頼りになるお姉さんなのだけど、何かと僕とガリウスをそういう関係にさせたがるという、困った趣味の持ち主なのが玉に瑕《きず》である。男と男の恋愛ネタに萌《も》え萌《も》えしちゃう、ＢＬ愛好家――いわゆる腐女子というやつだ。何かにつけて僕やガリウスの発言に変な腐フィルターをかけて曲解してくる。

というかガリウスの場合は曲解でない場合も多いので、よけいにややこしいんだけど。

そう。ガリウス・エン・コルドバルは、実際にソッチ系の人なのである。

「僕が会いたいんじゃなくてですね」

溜《た》め息をついてから僕は続けた。

「ガリウスさん直々《じきじき》に護衛部隊の指揮をとってるっていうんなら、少数でも話は分かるんですけどね」

そうでもなければ、皇帝陛下の外出に、五人やそこらの護衛というのは少なすぎたりしないだろうか。さすがに大名行列みたいに五十人も百人も連れ歩くというのも無茶な話ではあるけれど。

「何か急用だったとか？」

とペトラルカの方を向いて尋ねる僕。

何か急ぎの用件があったので、護衛の数も揃《そろ》えずにやってきた、というのはあり得る話かとも思ったのだ。

けれど——

「いや、急用というほどでもないが」

お茶を飲みながら平然と言うペトラルカ。

「え？　まさか勝手にお城を抜け出してきたの？」

「なんじゃその言い様は！　皇帝たる妾《わらわ》がどこに行こうと妾の自由じゃ！」

とペトラルカは顔をしかめてそう言ってくる。

「いやまあそうなんだけど――」

周囲の人達に断りもなく出てきちゃったのだとしたら、ガリウスなんかは今頃、必死になってペトラルカを捜し回ってるんじゃないだろうか。

「ガリウスさんとか怒ってるんじゃない？」

たぶん、美形の見本みたいな顔に、漫画記号みたいな青筋とか浮かべながら。

一応、臣下という立場ではあるけれど、ガリウス・エン・コルドバル卿《きょう》は、もともとペトラルカにとっては血縁関係にある『お兄ちゃん』だ。この神聖エルダント帝国において、皇帝陛下たるペトラルカを面と向かって叱れるのは、彼くらいのものだから――彼女が身の安全を確保しないまま、勝手なことをすれば、きっと、ものすごく怒る。

実際、ペトラルカが彼に黙って日本に『密入国』したときも、ものすごい剣幕で怒ってたし。

そんなふうに心配する僕なのだけど――

「阿呆《あほう》。ちゃんとガリウスの許可も取ってきておる」

ふふん――と、一転して小馬鹿にするように笑い、ペトラルカはそう言った。

「許可出してくれたの？」

「ああ」

「あのガリウスさんが？」

「ああ」

事もなげに頷《うなず》いて、ペトラルカはお茶のカップをテーブルへ置いた。

意外だ。彼――ペトラルカの身辺警護には、神経質すぎるくらいに神経質だったように思うのだけど。

ペトラルカのことを純粋に心配していることに加えて……彼女に何かあれば、政治的には彼が最も疑われる立場にいるため、身の潔白を証する意味でも、彼はペトラルカの警護には熱心だったはずである。ペトラルカがもし死ねば、皇帝の位につくのは彼、ガリウス・エン・コルドバル卿《きょう》だからだ。

「実は明日――」

ミュセル手製のお茶請けを一口齧《かじ》ってから、ペトラルカは続けた。

「同盟国の大使が来るのでな」

「同盟国――」

そういえば僕はあまり神聖エルダント帝国から出ることはないので、普段そんなに意識しないのだけれど、もちろん、この異世界に国家というのは幾つもあって――中にはエルダントと敵対関係にあるバハイラム王国みたいなところもあれば、当然に、同盟関係にある国家もある。

「地方からも軍の一部を呼び戻して、帝都全体が厳重警備態勢に入っておる。むしろ治安は普段よりも遥《はる》かに良くなっておるから、妾《わらわ》の外出にもガリウスがあまり神経質になっておらんのじゃ」

ペトラルカは笑ってそう説明してくれた。

ああ……なるほど。そりゃあ同盟国のお偉いさんが来るとなれば、警備が強化されるのは当然だ。

なんとなく僕はアメリカ大統領が訪日するときの日本を思い出す。街角にやたら警官の姿が目立ったり、テレビのニュースでもそうした厳重な警備状況を伝えていたりして、なんだか物々しいというか、日本全体に軽い緊張感が漂っていたようだけれど——たぶん、あれに近い空気に今の帝都マリノスはなっている、ということだ。

つまり今のエルダント帝国はペトラルカの周囲だけでなく、帝都全体が警備強化されているため、迂闊《うかつ》な——ちょっとでも疑わしい真似をしようものなら、ものすごい勢いで逮捕されちゃうわけだ。

「ただ、いろいろと準備でバタバタしておるがのう」

解放感からか、楽しそうに両足をぶらぶらさせるペトラルカの顔に——一瞬だが苦笑めいた表情が過《よぎ》る。

……おや？

これは、自由にお出かけできる嬉《うれ》しさが大半、けれど少し釈然としない気持ちもあって、といったところかな。

普段、エルダント帝国の最高権力者ということで、窮屈すぎる環境にいる彼女だけれど、いざ、締め付けが緩むと『今は外国の大使をお迎えする準備で忙しいので、陛下にばかり構っていられません』とでも言われているようで、ちょっと面白くないのかも。お兄ちゃんに構ってもらえないのでちょっと拗《す》ね気味の妹というか……なんだかんだでペトラルカとガリウスは普段から仲は良いみたいだし。

ああもう、本当、可愛いなあこの皇帝陛下は！

「あっ、でも明日大使が来るってことは、明日は僕達、報告へは行かない方がいいよね」

基本的に僕は、〈アミュテック〉での活動報告を、定期的にエルダント城へ出向いて、ペトラルカやガリウス、それに宰相のザハールさんに対して行っている。

だがそれは……実のところ、普段城から自由に出ることができないペトラルカへ会いに行くという意味合いも大きい。一日や二日で状況が変わるわけでもないから、普通に考えれば週に一度や月に一度くらいのペースでも充分なはずなのだ。もともと報告自体は書類で出しているし。要するに『直接会った方が、質疑応答もできてより互いの理解が深まる』というのを表向きの理由にして、僕がペトラルカに会いに行っている状態である。

「そうね。他国の大使を迎えるための警備となると——普段といろいろ勝手も違うでしょうし、こちらがそこに入り込んでよけいなことをしてしまうと、混乱の元になってしまうかも」

そう言って美埜里《みのり》さんが頷《うなず》く。

しかし――

「いや、来てくれ」

とペトラルカは言った。

「シンイチだけではない。ミノリ、マトバ、ヒカル、〈アミュテック〉の者全員だ」

「え？　そ、そうなの？」

驚く僕達にペトラルカは大きく頷いて見せた。

「実を言えば、妾《わらわ》が来たのはその要請を伝えるためでもある。〈アミュテック〉の関係者と会ってみたいというのは、先方からの要請でな」

「陛下、それはつまり――」

美埜里さんの表情がわずかに厳しさを帯びる。

それだけで僕は瞬時に理解した。自衛官としての顔を彼女が見せるということは……つまり、話が政治的、あるいは軍事的な側面を帯びているということに他ならない。

だけどミュセルは分かっていないみたいで、不思議そうに、ペトラルカと僕達の間で視線を往復させている。

「……バハイラムだけじゃなくて、他の国にも私達のことがバレてるってことよ」

美埜里さんがそう説明してくれた。

「……あっ」

驚きの表情で口元を押さえるミュセル。

普段、〈アミュテック〉の活動そのものには携わっていないミュセルだけれど、僕達と一緒に暮らしてきたために、おおむね、〈アミュテック〉という存在が政治的にどういう扱いを受けているかは察しているのだろう。

「異世界から来た大使がいるのだろうと、遠回しに言われたのじゃ。興味があるとな」

「まあ……ことさら、秘密にしていたわけじゃないんだけれど」

そう言って美埜里《みのり》さんは肩を竦《すく》める。

エルダントに、日本のオタク文化を広める活動——それが僕達〈アミュテック〉の仕事だ。

もともとは日本政府の、異世界に対する文化侵略の手段として行われたそれは、当然、『手始め』として最初に接触した神聖エルダント帝国のみを対象としていた。要するに範囲限定の実験だったのだ。

しかし僕が日本政府に反抗し……その実験の枠組み自体を壊してしまった。

具体的にはエルダント帝国の国外に対してオタク作品の流通を試みるという方法を提案し、これをペトラルカ達が承認してしまった結果、日本産のエンターテイメント作品は、翻訳等、エルダント帝国で多少の手を加えられた後、細々とではあるけれど諸外国に流れていくことになった。

僕が以前、バハイラム王国の軍隊に攫《さら》われたのも、かの国が僕達の存在に気付いて利用しようとしたからだし——敵国が気付いているなら、同盟国は気付いているのも当然だ。

ましてや交易があるならば、エルダントの、少なくとも貴族の子供の間ではけっこうな人気になっている日本のエンタメ作品のことが、まったく知られていない、なんてことはあり得ない。

ただ——問題は、それを同盟国の大使が『公式に』口にしたということだ。

国民の間に広まる異国由来の、単なる娯楽……それ以上の意味と価値を同盟国が認めているということである。少なくとも国政上なんらかの影響を及ぼすことがあり得ると考えているからこそ、同盟国の大使は、僕達との面会を求めたのだ。

良くも悪くも、異世界への侵略手段としてオタク作品を選んだ日本政府の思惑は、的外れではなかったということである。

「昔から交流のある国じゃからな、悪いようにはせんと思う」

僕達の間に満ちる緊張の空気に気付いてか、少し慌てた様子でペトラルカが言った。

「昔、ガリウスが留学しておった国でもあるし」

「え？　そうなの？」

「うむ。まだ先代の皇帝が存命だった頃じゃがな」

それが何年前のことかは知らないけれど——皇位継承権を持つ帝族を留学させるとなると、よほどに親密な関係にある国なのだろう。

しかも現代日本のソレと違って、こっちの世界での留学は実利一辺倒の理由があるはずだ。学ぶべき具体的な何かがあるからこそ、それなりの立場の人を送る——となると、政治、軍事、経済、その他、何か神聖エルダント帝国も一目置くだけのものが、その国にはあるということにもなる。

「下手に断るわけにもいかなくてな。明日、城まで来てほしい」

「……わかったよ」

僕は美埜里《みのり》さんの方を一瞥《いちべつ》してから——彼女が特に首を振る様子もないのを確認してから頷《うなず》いた。

「うむ」

満足げにペトラルカも頷いて、再びお茶を飲む。

彼女が空になったカップを置くのを見て、ミュセルが横から新しいお茶を注ぐ。

「でもその話って、わざわざペトラルカが伝えに来なきゃならないものだったの？」

それこそ使いを一人送ればいい程度の話だと思うけれど。いや……むしろ何も言われなければ言われないで、僕らはそのまま明日の朝、帝城に出向いていたわけで。

「なんじゃ」

尋ねる僕に、ペトラルカが唇を尖《とが》らせた。

「妾《わらわ》が伝えに来るのでは不満か？」

「いや……そういうわけじゃないけど……」

「妾がいては邪魔か？　たとえば——」

じろりとペトラルカが傍らのミュセルの方に目を向ける。

「二人っきりでメイドといちゃつくのに」

「ない、ない、そんなことない！」

慌てて僕は首を振った。

「だったらいいじゃろう」

足を組んでそっぽを向くペトラルカ。

あ。なんか拗《す》ねてる。

「ただ単に遊びに来てくれたのかなって思ったからさ」

少し慌て気味に僕はそう言い繕った。

めったに城から出にくい身のペトラルカが、同盟国大使の来訪にかこつけて外に出る機会を得たのだ。他にいくらでも遊びに行く場所があるだろうに、僕達のいるこの屋敷を選んでくれたのならば——その貴重な時間を、僕達に会うために遣ってくれたのだとしたら、それはとても嬉《うれ》しいことだ。

「そ、そんなわけなかろう」

ペトラルカはペトラルカで、そっぽを向いたまま——けれど少し慌てた様子でそう言ってくる。なんだか頰《ほお》が赤い気がするのは気のせいだろうか。

「妾だって皇帝じゃ。いろいろと忙しいのじゃぞ」

「そ、そうだよね」

「じゃが、まあ、その」

ペトラルカは、少し歯切れの悪い言い方でこう繋《つな》げた。

「……たまには、息抜きも必要じゃからな」

「そっか」

僕は少し安堵《あんど》しながら頷《うなず》いた。


なんだかんだで二時間ばかり他愛ない話をして——ペトラルカは警護の騎士数名に守られ城に戻って行った。

「んー……」

執務室に戻った僕は、中断していた仕事を再開する。

パソコンを前に報告書のまとめをちまちまとキーボードを打って作る作業だ。ラノベ作家の父を持っているせいか、文章を打つのは嫌いじゃないのだけれど、一定書式に従って書類を作るというのは、これはこれでけっこう、面倒臭い作業だった。

ちなみに僕の作る報告書は、エルダント帝国側と日本政府側と双方に提出するために、同じ事案に関するものでも二種類が必要になってくる。もちろん、日本政府への報告書は僕自身が作成したものの他に、的場《まとば》さんや、美埜里《みのり》さんが書いたものも出されているのだろうけれども。

ともあれ――

「……つつつ」

肩の凝りを覚えて僕は一度動きを止め、椅子の上で身体を伸ばす。

肉体労働とは別種の疲れが、全身に食い込んでいる感じだ。動き回っているときの疲れは身体が熱を帯びる感じだけれど、こういうデスクワークの疲れは全身がゆっくり冷えて固まっていくような感じである。たまにこうして動かしておかないと、身じろぎするだけでも筋肉に亀裂《ヒビ》が入ってしまうくらいに、固まりきってしまいそうだ。

ちょっと休もう。

僕はそう決めた。

すると――

「シンイチ様、ミュセルです」

それを見計らったかのように、外から扉をノックする音がした。

「お茶をお持ちしました」

「はい、どうぞ」

僕の返事をうけて、ワゴンを押したミュセルが、扉を開けて部屋に入ってきた。

ミュセルは僕の隣で足を止めると、ワゴンの上のカップとお茶請けの載った皿を机の上に移していく。お茶請けは、片手でも食べやすいような形の――そして同時にぼろぼろと食べ滓《かす》がこぼれ落ちないような、適度な柔らかさに調節された、ドーナツ風のお菓子だった。特に僕が何か言ったわけでもないのだけれど……こういうお菓子を持ってきてくれるところに、ミュセルの細やかな気遣いが見て取れる。

うん。幸せ。

「お仕事の邪魔ではありませんでしたか？」

「休憩しようとしてたところだったから、ちょうどよかったよ」

「なら、よかったです」

そう言って微笑むミュセル。

その顔を見て——僕は、反射的に胸の高鳴りを覚えた。

密室に二人っきり。これ……ペトラルカが来る直前と同じ状態だ。あのときはペトラルカが来てくれて、こう、残念なような、ぎりぎりで助かったような、そんな妙な状態だったけれども、今はさすがに誰も割り込んではこないだろう。

となると——

「シンイチ様？」

いつの間にかじっとミュセルの顔を見つめていた僕は、小鳥のような仕草で首を傾《かし》げる彼女の声で、我に返った。『どうかなさいましたか？』と——その大きな目で問いかけてくるミュセルに、僕は慌てて首を横に振ってみせる。

「なんでもない。それじゃ、いただきます」

ごまかすように、僕はミュセルが用意してくれたお菓子に手を伸ばした。

おそらく作り立てなのだろう。まだそれが帯びる仄《ほの》かな温かさを指先に感じつつ……僕は一口囓《かじ》ってみた。

おお……ほんのりとした甘さが、疲れていた身体に沁《し》み渡る。

「――美味《おい》しい」

お世辞でもなんでもなく、いつもそう思う。

さすがにいつものこの一言だけでは足りないかなと思って、僕はこう付け加えた。

「ミュセルって本当、なんでもできるよね」

「ありがとうございます」

少しはにかんだような表情を浮かべながら、ミュセルはそう言った。

「料理だけじゃなくて家事全般できるし」

「それは……お仕事ですから」

とミュセルは笑う。

「でもまだまだどれも未熟で……」

「そんなことないでしょ」

僕はふと脳裏に生意気な妹の顔を思い出しながら言った。

「紫月《しづき》とか家事全般駄目だしね。その手の才能が壊滅的っていうか。あのままじゃ嫁のもらい手もないんじゃないかな。その点ミュセルはいつでもお嫁さんに――」

と言いかけて――僕は言葉に詰まった。

待て。加納慎一《かのうしんいち》。

この会話の流れは——まずい。続けるべき言葉は慎重に選ぶべきだ。そう思ったがここで言葉を切ったままというのも不自然なのか。

嗚呼《ああ》。どうすりゃいいんだ？

「——行けたりなんか、したりしなかったり、その……ええと……」

躊躇《ちゅうちょ》から、わけの分からないヨレ方をする僕の台詞《せりふ》。

対して——

「お嫁さん……」

ミュセルが一瞬、呆《ほう》けたような表情を浮かべて、その言葉を口にする。

そして——

「私はたぶん……無理です」

ふと目を伏せて彼女はそんなことを言ってきた。

おおう⁉

ちょっとそれは予想外の反応だった。

いや。落ち着け慎一。自意識過剰は自爆の元だ。

そう——やっぱりミュセルは僕のこととか好きでもなんでもなくて、だから、妙な流れになりそうなのを察した彼女は、『貴方《あなた》なんかと結婚しません』と釘《くぎ》を刺すためにやんわりとそう言ったのではないか？　曲がりなりにも主人である僕を怒らせたり傷つけたりしないように、気を遣って――『自分は結婚できない』という言い方をして。

「あ、あの、ミュセル？」

「私のような者の立場で……陛下を差し置いてなど……」

「……は？」

なんでここでペトラルカが出てくるの？

「ペトラルカがどうかしたの？」

ペトラルカを差し置いて結婚はできないって意味？

そういえば特に気にしたことなかったけど、この神聖エルダント帝国における女性の結婚適齢期って幾つなんだろう？　かつて、戦国時代の日本なんかだと、十五で結婚、なんてのも珍しくなかったみたいだし――実はすでにミュセルもペトラルカも適齢期を過ぎかけていて、焦るような年齢だとか？

実は神聖エルダント帝国では幼妻が基本？

何そのロリっ娘《こ》天国……⁉

などと、妙な盛り上がり方をする僕に対し――

「……え？　あ……その……」

ミュセルは何やら困ったような表情で言葉を探しているみたいだったけれど。

「陛下は……その……シンイチ様のことが……」

「ペトラルカが？」

「その……好き……でいらっしゃるので……」

「いやまあ、ああして僕らのところに遊びに来てくれるわけだし、嫌われてはいないだろうけど、それが――」

結婚適齢期の話となんの関係が。

「いえ、ですから……」

もじもじとエプロンの端を指先でつまみながらミュセルは言った。

「……陛下は……シンイチ様のことを……その……あ、愛して、おられて……」

「……はい？」

愛？　アイ？　あいあい？　オサールサーンダヨーッ！

……思わずパニクる僕。

愛してる？　何その僕の人生に関係なさそうな仏教用語。

というかちょっと待って。

誰が？　誰を？

ペトラルカが、僕を？

「そそそ、そんなバカなっ」

僕は思わず全力で両手を振っていた。

ないよ、ないない！　ありえない！

だって相手はエルダントの皇帝陛下だよ⁉　対して僕は――一応国賓だからと貴族扱い

されてるけど、本《もと》を正せばただの一般庶民なわけで！　しかも元は自宅警備員でしかないオタクなわけで！　それが理由で幼馴染《おさななじ》みに振られた甲斐性《かいしょう》なしなわけで！

ないない、絶対ない！

「ぺ、ペトラルカが、ぼ、僕のことを――そんな、ないって」

ああでも、僕も男なわけで！

そういうこと言われちゃうと――それも本人ではなくとも、女の子の側から言われちゃうと『もしかして？』とその気になっちゃいそうで激ヤバだし！　しかもペトラルカって将来有望っていうか、可愛い子なわけで。そんな子から好かれてるんじゃないかなんて言われたらドキドキしちゃうわけで！

「あ、相手は皇帝陛下だよ⁉」

髪を振り乱して頭をぶんぶんと振る僕に――けれどミュセルはこう続けた。

「ですから……陛下がシンイチ様とご一緒になられるのなら……」

「……ご、ご一緒……⁉　それって、け、けけ、結婚――」

混乱する僕の脳裏に、妙な現実味を帯びた風景が浮かび上がる。

他に人の姿のない教会に、タキシード姿で立っている僕と、その横に並ぶウェディングドレス姿のペトラルカ。

小柄で童顔なせいか、花嫁姿のペトラルカは、微妙に違和感があるというか、まるで子供が背伸びをしているかのような微笑ましさで――しかし白の豪奢《ごうしゃ》なドレスはペトラルカによく似合っていて。

　両手で花束を持った彼女は、僕と目が合うと微笑んで……

「――じゃなくて！」

　思わず、すぐ脇の空中にチョップをかまして、僕は妄想内の自分に突っ込んでいた。

　だが僕の混乱ぶりを知ってか知らずにか、ミュセルはミュセルで自分だけの世界に没入しているかのように、目を伏せて言葉を続けている。

「……私は……せめて……お側《そば》においていただくだけでも……と……でも結婚などしてしまえば……それも叶《かな》いませんから……」

「はひ？」

　何をおっしゃってますか、ミュセルさん⁉

　俯《うつむ》いたミュセルの白い耳が、今や熟《う》れきった苺《いちご》みたいに真っ赤になっている。

　だがそれを指摘する余裕なんて僕にあるはずもない。たぶん、きっとそれは僕も同じで。きっと鏡が目の前にあったなら、僕は赤面しまくった自分を見ることになるのだろう。頬《ほお》がありえないくらいに熱い――それだけは分かる。

　さすがに頭の悪い僕にもミュセルの言いたいことは分かる。

　ペトラルカが僕を好き。

　だから僕とはペトラルカが結婚すべき。

　だからミュセルは僕とは結婚できない。

でもって僕以外の誰かと結婚なんかしたらミュセルは僕の側にいられない。だから結婚しない。

……………

はいいいいいいい⁉

ちょ、ちょっと待って？

何そのハーレム——って、あああ、ここは中世的価値観の世界で、本当にハーレムが合法的（？）に可能な世界なんだっけ⁉

え？　何、アリなの⁉　マジで⁉

いや、いやいやいやいや、でも——

「ないないないって！」

もう何度目か数えられないくらいに僕は頭を左右に振った。振りまくった。さっきから振りすぎて、気持ち悪くさえなってきた。何やってんだ、僕は。

「だから、僕の立場で皇帝陛下と結婚とかできるわけないって！」

「で、でも……」

「気楽に結婚なんかできるはずないし、それはペトラルカも分かってるよ！」

きっと。たぶん。いまひとつ確信は持てないけど、それを口にするとまたややこしくなりそうなので、ここは断言しておくべきだろう。

仮に……あくまでも仮に。

僕とペトラルカが相思相愛で、婚約することになったとしよう。

ガリウスもザハールさんも、そして帝国の他の重臣達も、それを素直に祝福してくれるとは思えない。何しろ僕は、単なる庶民の小倅《こせがれ》で、なんの身分もなく――それどころか、かつて神聖エルダント帝国を侵略しようと試みた国の人間である。今、こうして何不自由なく神聖エルダント帝国内で振る舞えていることそのものが、奇跡のような厚遇なのだ。

そんな奴を皇帝の夫に迎えるなど、帝国の臣民からすれば正気の沙汰ではないだろう。

それはつまり、僕が事実上、神聖エルダント帝国の最高権力者になるということで――万が一、僕に悪意があれば、神聖エルダント帝国は一夜にして日本に無血征服されることになってしまう。

そもそも、ペトラルカが僕のことを異性として好きかどうかが分からない。

友人として好いてくれているのは、まあ、自信があるけれど――

「うん、やっぱりないよ」

きっぱりと否定する僕。

しかし――

「…………」

ミュセルはそれでも不安そうな顔をしていた。

憂いを帯びたその顔は、切なげで、儚《はかな》げで、ただでさえ美少女だというのに、今のミュセルの表情は普段の倍の強さできゅんきゅんと僕の胸を締め付けまくる。

ああああああああああ……!?

だ……だからそんな反応されると、僕も勘違いしちゃうんだって！　ただでさえメイドとご主人様の恋物語なんて、それこそラノベとかじゃ山のようにあるし！

しかし……

（身分の差――か）

頭の片隅で、冷静にそう考えるもう一人の僕がいる。

僕とミュセル。僕とペトラルカ。ミュセルとペトラルカ。

それぞれ身分も違えば立場も違う。

絶対権力者たる皇帝陛下を前にすれば……たとえそれが恋愛であろうとも一歩退《ひ》いて庶民は道を譲らねばならない。その一方でたとえどれだけ互いに想いを寄せ合っていても、皇帝陛下と庶民、身分の違いは厳然たる壁となって二人の恋愛の成就を阻む。また、主人とメイドの関係もまた、最初から立場の差を間に挟んでいる以上、対等な恋愛関係を育むことは不可能に近い。

今まで深くは考えなかったけど、難儀な話である。

前にどこだったかで『自分達だけが納得すれば成立するのが恋愛で、周囲の納得まで必要になるのが結婚』なんて言葉を見たことがあるけれど……ただ単に好きでいることと、それを結婚という具体的な形に持っていくこととは、似ているようで異なる。その程度のことは僕にだって分かるのだ。

ともあれ――

「とにかく、ないない、絶対にない」

僕は強引にそう言って話を締めくくる。

「そ……そうですか……？」

さすがにミュセルも僕がこの話を切り上げたがっているのに気付いたのだろう――微苦笑を浮かべると、彼女は一礼し、ワゴンを押して部屋を出て行った。


そんなこんなで――翌日。

ペトラルカに言われた通り、僕達はエルダント城にやってきていた。

ちなみに昨晩の内に生徒達に連絡を回して、学校は臨時休校にした。いつもの朝の報告ならば、だいたい、時間も読めるけれど、同盟国の大使と会うとなると、挨拶だけ交わして引っ込むわけにもいかないので、どれくらい、時間がかかるか分からないからだ。大使との会談よりも授業を優先させるわけにもいかないだろう。

「…………」

エルダント城そのものは、普段通りの偉容を誇っていた。

山一つを魔法によってくり抜いて造ったというこの城は、とてつもなく大きい。城門の前に立って見上げると、背骨を限界まで反り返らせても、全容を視界に納めるのは難しいほどの巨大さである。魔法を使ってとはいっても、これだけの規模の建物を造るとなると、莫大《ばくだい》な労力だろう——日本円にすれば、億どころか兆の単位でお金がかかるに違いない。

普段は意識していないけれど、本来であれば、庶民の僕が気軽に立ち入れるような場所ではないのだ。

そう思うと何やら感慨深い。

「どうしたんですか？　慎一《しんいち》さん」

羽車から降りて、その場に立ち止まり、エルダント城を見上げている僕に——少し先を美埜里《みのり》さんと並んで歩いていた人物が、振り返って声を掛けてきた。

綾崎光流《あやさきヒカル》さん。〈アミュテック〉の一員だ。

要するに僕の部下——というより補佐役《アシスタント》である。

「あ……うん」

僕は曖昧に頷《うなず》いて光流さん達の後を追う。

そういえば——

（なんだか光流さんの方が馴染《なじ》んでる感じがするんだよな）

光流さんの後ろ姿を眺めながら、僕はそんなことを考えていた。

このエルダント城を前にして、光流《ヒカル》さんはまるで臆した様子を見せない。少なくとも僕は見たことがない。むしろここここそが自分の本来の居場所、とでも言うかのように堂々と振る舞っている。

そもそも光流さんの、品のある仕草や喋《しゃべ》り方は、僕と同じ日本人の、庶民であるはずなのに……どこか育ちのいい貴族の子女を連想させる。しかも着ているものといえば、フリルや煌《きら》びやかな刺繡《ししゅう》をふんだんにあしらって作られた、ゴシックロリータのそれだから、よけいに貴族っぽい感じがするのだ。長い綺麗《きれい》な黒髪を日の光に反射させながら、その衣装を完璧に着こなしている光流さんの姿は、ひどく浮き世離れしていて、もう僕とは別種の——幻想を呼吸している生き物みたいだった。

完璧だった。ただ一点を除いては。

すなわち——貴族の姫そのものといった容姿でありながら、中身が男だということ。

要するに彼は女装っ子というか、『男の娘』なのである。もちろん読み方は、『オトコノムスメ』ではなく、『オトコノコ』というアレだ。

まあそれはさておき。

「……本当に僕なんかが、大使の出迎えを一緒にしていいのかな……」

たぶん、いや、間違いなく大使と言えばこの世界では貴族だろう。一国を代表して他国に赴く以上、身分のない庶民がその大任を負うとも思えない。

「いいいも何も向こうからの要望なんだから」

若干の不安を滲《にじ》ませて呟《つぶや》く僕に――肩越しに振り返って苦笑しながら、美埜里《みのり》さんがそう言った。

「それはそうなんですけど……」

なんだか今日に限っては気後れするというか、弱気な僕だった。

たぶん、昨日のミュセルとの話が尾を引いているのだろうけれど。

（僕らの国に身分の差はないんだ――なんて昔はペトラルカに言い切っちゃったけどね）

そんな僕が、いまさら、それで気後れしているというのも滑稽な話である。

自嘲気味にそんなことを考えながら、歩いて行くと――

「――あ」

城内の通路の奥。

そこに僕達を待ち構えるようにして、三つの人影が並んでいた。

左右の二つはいつもお馴染《なじ》み、城内の要所を警護している騎士二人である。

でもって――もう一人、彼らに挟まれるようにして立っている人物もまた、別の意味で顔馴染みである。ただし騎士達と異なり、その姿は……どこかくたびれた感じの背広《スーツ》は、この見るからに中世ヨーロッパ然とした城内において、非常に浮いている。

「やあ」

片手を上げて――スーツの男性は穏やかに微笑んでくる。

的場甚三郎《まとばじんざぶろう》。

ざっくり言うと、僕達の上司に当たる人で――しかし日本とエルダント、二国間を頻繁に行き来しているため、屋敷の住人とは言い難《がた》い。こうして顔を合わせるのも久しぶりのような気がする。

いつも穏やかな微笑を浮かべている的場《まとば》さんは、見た目だけでいえば、人畜無害の見本みたいな人である。ザ・中間管理職、といった印象で、ハンカチで額の汗を拭く仕草がとてもよく似合う。

ただ――その実、どうにも内面が読みにくい人で、敵ではないけれど、味方と言い切ってしまうのにも不安が残る、そういう微妙な立ち位置の人だ。どちらかといえば間違いなく日本政府寄りで、エルダント側について暴走しがちな僕を監視する役目を負っているようだった。

もちろん、彼も〈アミュテック〉の関係者なので、今回の大使との会見には呼ばれているわけだ。

「すみません、遅れましたか？」

「いや、私も今来たところだよ」

的場さんは、いつものののんびりした口調でそう答えた。

「私どもが案内いたします」

揃《そろ》った僕達を見て、騎士の一人がそう申し出る。

彼らに前後を挟まれるようにして、僕達は城内を歩き始めた。

「それにしても」

　なんとなく黙っているのが息苦しくて、僕は口を開いた。

「同盟国の大使ってどんな人なんですかね？」

「男なのか女なのか、若いのかそうじゃないのか、何も聞いてないものね」

　僕の独り言に応えてくれたのは美埜里《みのり》さんだった。

「ミュセルに同盟国……えっと、ツェルベリク王国、でしたっけ？　その国のこと聞いたんですけど、文化的には、エルダントより魔法技術がずいぶんと発達してるそうです」

　僕なんかの目から見れば、エルダントの魔法技術も大したものだと思うけれど。それ以上となると想像もつかない。ミュセルも知識として『ツェルベリク王国は魔法技術が進んでいる』という一点について知っているだけで、具体的にエルダント帝国とどんな差があるのかは知らないようだった。

「ただ亜人種への差別が、けっこう強いらしくて……」

　エルダントでもエルフやドワーフ、それに半獣人といった『亜人種』に対して多少の差別はある。特にミュセルのようなハーフエルフはその対象で、エルダントへ来た初めの頃などけっこうひどかったと思う。ペトラルカがミュセルに、『混じり者』なんて怒鳴ったこともあったっけ。

　今じゃミュセルとペトラルカはずいぶんと仲良くなって、学校の中でもエルフやドワーフの扱いは人間のそれと大差ないし、僕の身の回りでは、差別なんて言葉だけのもののように見えるけれど——たぶん、僕達の目の届かないところでは、差別感情はそこかしこに残っているはずだ。何百年という歴史が作り出してきたその構造を、一年や二年で取り除くのはたぶん、不可能だから。

で、そのツェルベリク王国における亜人種への差別というのは、エルダントのそれよりもずいぶんと激しいらしい。

「こっちみたいに、エルフやドワーフが大臣してたり貴族だったりするのは、向こうではないらしいです。行ったことはないから、あんま詳しくないみたいでしたけど」

エルダントはむしろ実力主義というか、亜人種でも少数ながら貴族やそれに準ずる立場に取り立てられている者はいる。あくまで例外とはいえ……ツェルベリク王国の方はその例外すらも許さない状態らしい。

「慎一《しんいち》君——」

美埜里《みのり》さんの窘《たしな》めるような口調で、彼女の言いたいことを察して僕はそう答えた。

「分かってます」

「大人しくしてますよ」

僕はこのエルダントで何度か『やらかして』いる。人種差別を否定する発言を何度も皇帝陛下たるペトラルカや、貴族であるガリウス、ザハール老の前でしている。なんだかんだで彼らは僕を許してくれているけれど、それをどうしても許せない——自分達の依って立つ身分階級制度を、つまりは自分達の尊厳を否定され、侮辱されたと考えて、敵対心を抱く人間もいる。実際――それで僕は一度、『憂国士団』という連中に学校を占拠されて人質にされたりもしているのだ。

要するに迂闊《うかつ》に『差別ヨクナイ！』と唱えると、それだけで生き死にの絡む揉め事《トラブル》に発展しかねないということである。

もちろん、僕としては人種差別を肯定するつもりなんてまったくないけれど、発言については時と場合をよく考えないといけない。僕達は今、神聖エルダント帝国の国賓なので、僕が迂闊にそのツェルベリク王国に喧嘩《けんか》を売ると、ペトラルカ達が売ったも同然になってしまうのである。

やがて――

「――ガリウスさん」

廊下の角から姿を現した人物を見て――僕達は足を止めた。

まず長い銀髪が――続いて涼しげに整った目鼻立ちが、見る者の意識に焼き付くほどの美青年。ペトラルカと同じ翠《みどり》の双眸《そうぼう》は理知の光を湛《たた》えて鋭く、少女漫画にそのまま出演できそうな超絶イケメンぶりだ。もちろん、背もスラリと高く、細身で、かといって病的に痩せている様子はなく、その衣装の下の引き締まった筋肉はきびきびしたその動きからもよく分かる。

天が何をトチ狂ったのか二物も三物も与えまくった、この世界におけるリア充の権化《ごんげ》、それがこのガリウス・エン・コルドバル卿《きょう》である。

まあだからといって、僕は彼を羨ましいとはあまり思わないのだけれど。

ペトラルカと同様、立場やら身分やらでいろいろ息苦しい生き方をしているようだし、何より、女の子に興味がないソッチ系の人らしい——というのが専らの噂《うわさ》だ。どこまで本当か知らないけどさ。

「………」

どこに向かっているのか——彼は、僕達の方へ足早に近付きつつ、しかしその眼差《まなざ》しは僕達の方を見ていない。あるいは僕達の存在に気付いてすらいないのかも。

「………」

僕達の案内役である騎士二人は、ガリウスの登場に無言で頭《こうべ》を垂れた。

普段ならここでガリウスは足を止めて、騎士達に頷《うなず》き、僕達にも『よく来たな』とかなんとか、そういう言葉を掛けてきてくれるのだけれど。

今日のガリウスはいつもと違っていた。

やはり僕達の存在にすら気付いていない様子で——彼はそのまま歩調を緩めることもなく、横を通り過ぎたのである。

その横顔は普段にも増して厳しい。

何やらただならぬ様子だ。何かあったのだろうか。

「あっ、ガ、ガリウスさん？」

反射的に僕は、ガリウスへ声を掛ける。

すると——そこでやっとガリウスは、僕達の存在に気付いた、といった様子で足を止めて、こちらを振り返ってきた。

「……シンイチか」

まるで夢から醒《さ》めたかのように、目を何度か瞬《しばたた》かせてガリウスが言った。

「そうか……シンイチ達も呼ばれていたのだったな」

すぐに納得の表情を浮かべて頷くガリウス。

だがその口調はどこか心ここにあらずといった感じで、空疎な印象だった。

珍しい。とても珍しいことだ。

ガリウスというのは、いつもどこかに余裕を持って行動しているような——その若さのわりにはとても落ち着いた人物である。その彼が、目の前の知人に気付かない、知人が来訪する予定を忘れる、などということは、普段ならばあり得ないことである。

いや。それどころか……今のガリウスはひどく追い詰められているようにも見えた。

よく見れば目の下にはうっすらと隈《くま》ができていて、あまり寝ていないらしいと分かる。

「お疲れですか？」

「……いや」

尋ねる僕から、ガリウスは目を背ける。

その表情は、やはりあまり僕達が見たことのないものだった。どこか落ち着きがないというか、緊張しているというか、不安そうというか……とにかく小憎らしいくらいに完璧美形のガリウスらしくない。

「どうしたのかしら、ガリウスさん」

僕の横に立っていた美埜里《みのり》さんが、こっそりと耳打ちしてきた。

「やっぱり様子、おかしいですよね……」

美埜里さんまでがそう思うってことは、ガリウスの様子が普段と異なるのは、僕の見間違いや勘違いというわけでもなさそうだ。

「妙にそわそわしてるというか……まるで恋する乙女みたい」

「乙女っすか……？」

なんだその表現。

美埜里《みのり》さんに向けていた目を、僕は思わずガリウスに戻す。

……まあ確かに、言われてみれば、そう見えなくもない気が……って他に喩《たと》えるものなんていくらでもあるでしょうに。

「…………」

僕達のひそひそ話に気付いているのかいないのか、ますます美埜里さんの腐った妄想を裏打ちするかのような溜《た》め息を——憂いをたっぷり含んだ息を漏らすガリウス。その様子を見て、美埜里《みのり》さんは、はっとした様子で拳を握りしめた。

「まさか恋煩《こいわずら》いっ⁉」

何言ってんだこの腐人自衛官。

「誰に⁉　慎一《しんいち》君に⁉　でもそれはいまさらよ⁉」

「心の声ダダ漏れですよ美埜里《みのり》さん」

目を見開いてそう呟《つぶや》く美埜里さんに――僕は自分でも呆《あき》れるくらいに冷え切った口調でツッコミを入れた。

正直、この人の腐女子的な思考にいちいち驚かないどころか、ある程度先読みして即座にツッコミを入れられるようになった自分が怖い。慣れだと言ってしまうのは簡単だが、その行き着く先が腐女子思考への洗脳だったとしたら――と思うと、とても恐ろしい。

ともあれ――

「……ツェルベリクの大使が来るということで、緊張しているだけだ」

嬉々《きき》とした美埜里《みのり》さんの台詞《せりふ》は、さすがにガリウスにも聞こえたらしい。顔を上げたガリウスは、妙に強い口調で美埜里さんの言葉を否定してきた。

「大使は間もなく入城する」

「あ、そうなんだ」

大使をお出迎えするために、ガリウスにはいろいろと準備があるのだろう。だとしたら、呼び止めて悪かったかもしれない。

「お忙しいところを、すみませんでした」

「いや……」

曖昧に首を振るガリウス。

うーん。でもやっぱり変だよなあ。

「じゃあ僕達も急ごうか」

「そうしてくれ」

皆を促す僕に一つ頷《うなず》いて——それからガリウスは何故か、呟《つぶや》くようにこう言った。

「シンイチ達もいてくれるのは、心強い」

「……え？」

ぽつりとガリウスが漏らした台詞《せりふ》に——歩き出そうとしていた僕は、思わず立ち止まって彼を振り返った。

本当に変だぞこれ。こんな弱気な台詞、彼らしくない。

だけどガリウス自身は、聞き返されて初めて自分の独り言に気付いたようだった。彼はまた曖昧に首を振って……それだけでは足りないと思ったか、片手を上げて『気にするな』と言わんばかりにこれを振ってみせた。

「いや、なんでもない」

そしてガリウスは今度こそ足早に去って行った。

その後ろ姿を束の間、見送ってから——僕達もまた歩き出す。

「……やっぱりなんか今日のガリウスさん、様子おかしいですね。あんなの初めて見る」

「彼自身が言っていた通り、大使が来るということで、緊張しているのではないですか？」

「そういうものなのかなあ」

光流《ヒカル》さんの言葉に――しかし僕は首を捻《ひね》った。

そのツェルベリク王国という国がどれだけの大国なのかは知らないのだけれど、あの騎士ガリウスが、緊張して余裕をなくすほどとなると――ちょっと想像がつかない。『日本国大使』とも言うべき僕達と会ったときはもちろん――僕を暗殺しようと日本が特殊部隊を送り込んできたときでさえも、彼はあんなに緊張していなかったように思う。

いや。あれは緊張というより……

「恋は人を変えるのよ」

そんな僕達の横で、美埜里《みのり》さんが夢見る乙女のような瞳でそう言った。

たぶんこの人の見ている夢っていうのは、十八禁だろうけれど。

「そのネタはもういいです」

「むしろ恋の相手は、慎一《しんいち》さんではなくその大使だったりして」

溜《た》め息をつく僕の横から――止《よ》せばいいのに、光流さんが美埜里さんの戯言《たわごと》に乗っかった。

「よくあるじゃないですか。一目惚《ひとめぼ》れ、もしくは初恋の相手との再会」

「なるほど！」

合点がいった！　とばかりに大きく頷く美埜里さん。

「それなら辻褄《つじつま》が合うわ！」

「辻褄《つじつま》という言葉の意味を、今すぐ辞書で引いてきてください」

「だから慎一《しんいち》君を見つめていたのね……」

僕のツッコミはさくっと無視して美埜里《みのり》さんはうっとりとそう言った。

「初恋の相手との再会。でも今愛しているのは慎一君。二人の間で揺れ動く美麗の騎士ガリウスの恋心……！」

「全部根拠のない妄想です」

そう言って僕は腐人自衛官の戯言《たわごと》を一蹴した。

まったく……光流《ヒカル》さんも、わざわざ火に油を注ぐような真似しなくていいだろうに。まあこの人の場合は、自分もＢＬが好きというわけではなくて、美埜里さんのネタにされる僕を見て、面白がってるだけなんだろうけどさ。

「男よりも僕は女の子にモテたいです」

「美埜里さん。この朴念仁《ぼくねんじん》が何か戯言をほざいてますよ」

笑顔で毒が滴るような台詞《せりふ》を口にする光流さん。

「鈍感って罪よねえ」

「ですよねえ」

などと美埜里さんと光流さんの二人がしみじみと頷《うなず》き合っている。それどころか、ふと振り返ると的場《まとば》さんまで腕組みして頷いてるし。

だから何なんだよ――と言いかけて。

さすがの僕も、昨日の今日なので、二人が何を言っているのか想像がついた。

いや、でもペトラルカが僕を好きっていうのは、ミュセルの想像でしかないし――ミュセルは、まあ、その、僕のところの待遇がいいことに対する感謝を、恋愛感情に勘違いしている可能性だってあるわけだし。

だいたい、自慢じゃないが僕に、もてる要素とかまったくないぞ。

客観的に見れば単に純粋培養のオタクってだけで、それ以上でもそれ以下でもない。容姿も能力も十人並みかそれ以下だ。なのにちょっと女の子が仲良くしてくれただけで、自惚《うぬ》れて告白しちゃう迂闊《うかつ》さだし。

僕としてはもう二度と、あんな、穴があったらその中目がけてジャンピング土下座したいような、恥ずかしい想いはしたくないだけで。

だから――

「……本当、女心が分からない男の子って、最低です」

「大丈夫よ。代わりに男心が分かればいいじゃない」

まるで軽蔑するかのような視線で僕を睨《にら》む光流さんに、しかし美埜里《みのり》さんが笑顔でそうフォローしてくれた――っていうかフォロー違うし！

「そうですね。いっそそっちに宗旨替えしてはいかがです？」

「だから嫌だってば！」

ぶるぶると首を振って僕は拒否の意思表示。

そうこうしているうちに——僕達は、謁見の間の前まで辿《たど》り着いた。

前にも何度か言及したように——エルダント城には、謁見の間と呼ばれる部屋が複数ある。

いつも僕達がペトラルカに朝の報告をするときに通されるのは、小さい部屋。

そして僕が初めてこのエルダント城に来たときに通されたのが、大きい部屋。

今回、ツェルベリク王国の大使と会見する場に選ばれたのは、当然ながら後者だった。つまりエルダントの重臣達や、騎士達が、ぞろりと勢揃《せいぞろ》いできるだけの広さがあり、なおかつ、国外から訪れた要人をもてなすにふさわしい内装が施された部屋だ。神聖エルダント帝国の、対外的な権威そのものを象徴しているかのような場所である。

「〈アミュテック〉総支配人カノウシンイチ様、アヤサキヒカル様、並びにマトバジンザブロウ様、コガヌマミノリ様、御入来！」

謁見の間を守る衛士達が、大声を張り上げる。

重々しい軋《きし》みと共に開いた、大きな扉を抜けると——謁見の間の中央に、まっすぐ敷かれている赤い絨毯《じゆうたん》がまず目に入る。

その絨毯の道の両脇には近衛《このえ》騎士がずらりと並んでいて、さらにその向こうには、同じく十数人の重臣達が、左右に分かれて、立っていた。

そして絨毯のいちばん先——謁見の間の最奥《さいおう》は、他の場所よりも床が一段高くなっている。そこにあるのはいうまでもなく玉座だ。贅沢《ぜいたく》に飾り付けられたその皇帝の席に今腰掛けているのは、当然ながら、ペトラルカだった。

「うむ。来たな」

もともと玉座は大きめに造られているものだが——ちんまりとしたものを造っても誰も得しない——もともと小柄なペトラルカがそこに座ると、ますます大仰な代物《しろもの》に見える。

ただし彼女の表情は凛然《りんぜん》としていて、きちんと皇帝陛下としての威厳を漂わせていた。

そんなペトラルカの両脇には——戻ってきてどこか別の入り口から先回りしたのか——騎士ガリウスとザハール宰相の姿があった。

「シンイチ殿、他の方々も、急な頼みによう応じてくださった」

ザハール宰相が、相好《そうごう》を崩してそう声を掛けてきてくれる。

こちらは見た感じ、ことさらに緊張している様子もなく、いつも通りだ。

ザハール宰相は、見るからに人の良さそうな白髪に白髭《しろひげ》のお爺《じい》さんで……しかし彼がこの国の政治の大半を取り仕切っているという。物語に出てくる宰相というと、皇帝陛下の威光を借りて陰謀を巡らせる腹黒い悪役、なんて場合が多いけれど、ザハールさんに限って言うと、そういうのとはまったく違う。むしろペトラルカを大事に守りつつ、より立派な皇帝陛下になれるよう、教育している——いわば『爺や』的な存在である。

しかし……

「……本当に僕達、ここでいいんですかね」

ペトラルカやザハール宰相に一礼してから、僕は思わず小声でそう言っていた。

騎士達が僕達を案内したのは、実は最前列——重臣達を差し置いて、玉座にいちばん近い場所なのである。これは最初から言い含めてあったのか、重臣達も訝《いぶか》しんでいる様子はない。

ペトラルカの顔がよく見える位置なのは安心するのだけれど、これってたぶん、ツェルベリク王国の大使にも、いちばん近い位置なんじゃないだろうか。

「まあここって案内されたし、大使直々《じきじき》に私達を呼ぶように言ってるんだから、ここでいいんじゃないかしら」

小声で美埜里《みのり》さんがそう返してくる。

この人——時々、ものすごく大雑把というか、大胆というか、いい加減というか、そういう楽観的なところがあるけれど、本当に大丈夫なんだろうか。

「それより、下手なことしちゃダメよ？」

「しませんよ」

「大使が小さな女の子だったとしても『幼女キターッ！』とか叫んじゃ駄目よ？」

「いい加減、そのネタ忘れてください……」

充分反省してますから。

「…………」

ふとその『幼女キターッ！』と叫んでしまった相手、つまりはペトラルカの方を見ると、彼女と視線が合った。皇帝陛下の顔をしていた彼女が――ほんの一瞬だけ、普通の女の子がそうするように頬《ほお》を緩める。彼女は彼女で少し緊張しているのかもしれなかった。

で――

「ツェルベリク王国第六王子、ルーベルト・ウォールイン殿下、ご到着！」

騎士の声が謁見の間に響き渡る。

その後に続くのは、耳が痛くなるかのような静寂だ。

「…………」

重臣達が視線を入り口の方に向けるのに倣《なら》って、僕達もそちらを見遣《みや》る。

そういえば――こうして謁見の間に入ったことは何度もあるけれど、出迎えられるばかりで、出迎える側に回ったのはこれが初めてだ。大きな扉に駆け寄った衛士達が、またこれを開く様は――まるで壁全体が動いているかのようで、実に迫力があった。

人々の視線を集めてその向こうに現れたのは――

「……あれが」

誰かが呟《つぶや》くのが聞こえた。

謁見の間に足を踏み入れたのは、一人の青年だった。

彼は袖や股下《またした》のふくらんだ、豪奢《ごうしゃ》な感じの――いかにも『王子！』って雰囲気の衣装にその長身を包み、堂々とした足取りで赤い絨毯《じゅうたん》の上を歩いてくる。服の生地が暗色のストライプ柄であるからか、胸元や肩に取り付けられた金ボタンや装身具が、揺れるたびに燦《きら》めいてよく目立った。

彼が問題の大使――ルーベルト王子なのだろう。

歳《とし》はガリウスと同じか、少し上、といったくらいだろう。目鼻立ちは爽やか、かつ涼しげで、鮮やかな金髪は、ガリウスと比べれば、やや短い感じにまとめられている。浮かべる表情は穏やかな笑みで――実に優雅な印象だ。

「………」

堂々と玉座に向けて歩いて行くルーベルト王子と、その姿を横目で見ていた僕と……不意に目が合った。無遠慮に視線を向けるのはまずいかも、と反射的に視線を逸らしかけた僕だけど――ルーベルト王子は、むしろわずかだが口元の笑みを深めてみせた。

ううむ。なんというか、絵に描いたような好人物である。

これはまさしく『王子』様そのものだ。

なんかこう、僕みたいな平凡な庶民としては、同じ空間にいるだけでいたたまれなくなってくる――などと、自虐的なことを考えていると。

「ご無沙汰しております。ペトラルカ皇帝陛下」

玉座の前で立ち止まり――ルーベルト王子は跪《ひざまず》いて頭《こうべ》を垂れる。

いつの間にか彼の後に続いていた数名――おそらくは王子の従者なのだろう――も一糸

乱れぬ揃《そろ》った動きで跪《ひざまず》いて頭《こうべ》を垂れた。

同盟国の王子で、年上といえども、形式としては皇帝陛下であるペトラルカの方が立場が上。そういうわけで、謙《へりくだ》ってみせているのだろう。

「顔を上げよ、ルーベルト王子」

鷹揚《おうよう》な口調でそう告げるペトラルカ。

「久しいのう。変わりはないか？」

「はい。陛下は一段とお美しくなられた」

「世辞はよいわ」

苦笑を浮かべるペトラルカ。

「いいえ。心よりの言葉にございます」

ルーベルト王子の形の良い唇が、率直な褒め言葉を紡ぎ出す。下手な男が口にしようものならば『何寒い台詞《せりふ》吐いてんだよ』と一蹴されそうだが、このガリウスとも互角の美形が口にすると、なんの違和感も感じられないのが不思議というか、すごい。

続けてルーベルト王子は、ザハールさんへも挨拶する。

「ザハール老もご壮健そうでなにより」

「殿下は相変わらずでございますな」

と楽しげにそう言うザハールさん。

どうやらこのルーベルト王子、ペトラルカやザハールさんとは顔見知りらしい。まあ王族と帝族――同盟国同士なら、お互いの顔を知っていても不思議じゃない。

ただ……

「……久しいな」

あれ？

ガリウスに対するものだけが、何やらペトラルカやザハールさんに対するものと違うように思ったのだけれど……僕の聞き間違いだろうか？　敬語でも丁寧語でもなくて、ほんの短い一言で、でも感慨のこもった感じで、無礼っていうより、なんと言うか、親しい友達に掛けるかのような――？

「ああ……」

だけどガリウスはというと、ルーベルト王子の微笑を受け止めるでもなく、むしろ顔を背けて曖昧に応じるだけだ。

視線を合わせるのも嫌なくらいに苦手な相手なのか？　よく見れば彼の白い顔がわずかに赤らんでいるのも分かるのだけれど――この辺は本当にペトラルカと同じだ――ひょっとしてガリウス、怒ってる？

それとも……

「我がツェルベリク王国と、神聖エルダント帝国との友好を確かめるべく、今回の――」

僕が怪訝《けげん》に思っている間にも、立て板に水、とばかりにルーベルト王子が喋《しゃべ》り、話題はそれぞれの国の情勢や、同盟の内容に関するものに移っていく。正直、この手の政治的な話は僕はさっぱりなので、適当に聞き流していたのだけれど――

（……やっぱりガリウスの様子がおかしいよな）

彼は努めて冷静さを装っているみたいだけれど――普段の彼を知っている僕からすると、落ち着きをなくしているのが丸わかりだった。じっとルーベルト王子の方を見ているかと思うと、目が合いそうになって、慌てて視線を逸らしたり。左の掌を何かに耐えるかのようにぎゅっと握り込んだかと思えば、次の瞬間にはこれを緩めてみたり。

対してルーベルト王子は、主にペトラルカに話しかけているのだけれど――こちらも時折ガリウスの方を一瞥《いちべつ》したりする。でもってガリウスと目が合うと静かに微笑みを深めてみたり。さらにはガリウスが視線を逸らすと苦笑したり。

なんだこれ。なんだこれ⁉

なんだか知らないけどこう……背中がざわざわするんですけど⁉

僕はこの得体の知れない感覚を誰かに分かってほしくて、隣に目を向ける。

すると――

「『……だろ？』」

「……ん？」

僕は隣で俯《うつむ》いている美埜里《みのり》さんの唇が、小さく動いていることに気が付いた。

「『分かっているよ。私には君の気持ちが』」

「……美埜里《みのり》、さん？」

「『な、なんのことだ』『ずっと会いたかったよ』『な、何を言う。いまさら……』」

「……もしもし？」

「『いまさらとはひどいな』『なら何故、あのとき私を捨てた……』『それは誤解だ』」

俯いたまま美埜里さんはぶつぶつ呟《つぶや》き続けている。

どうにもその喋《しゃべ》り方がいつもの美埜里さんと違う。声も何やら作っている感じで、妙に低く、さらには一人二役でもしているかのように、口調と声音《こわね》がころころ変わるのだ。

……これは、えっと……もしかして、アフレコ？

いや、アフターでもレコーディングでもないけど、それはさておき。

まさかこの人……

「『その誤解を解きたいんだ。今夜、私の部屋に……』」

ガリウスとルーベルト王子で、勝手にBL脚本でっち上げて、アフレコしてる⁉

なんと言うBL脳ッ……！　いやでも、その一連の台詞《せりふ》を聞いてると、ガリウスとルーベルト王子の妙な雰囲気にも納得がいくというかなんというか、瞬時にこんなBL会話をでっち上げ、アフレコするとは、恐るべし古賀沼《こがぬま》美埜里…………じゃなくて！

「……古賀沼君？」

僕の視界の端で、同じく美埜里さんの様子がおかしいと気付いたらしい的場《まとば》さんが、眉を顰《ひそ》めているのが見えた。

「うふ、ふふふふ……」

膨れあがる、猛烈に悪い予感と、そして、既視感。

眼鏡の下でどこか虚《うつ》ろだった美埜里《みのり》さんの目が——次の瞬間、カッと見開かれる。

「BLキ——」

「……っ！」

両手の拳を握りしめ、勢いよく顔を上げて吠《ほ》えようとした腐人自衛官の頭と口を、咄嗟《とっさ》に左右から伸びた手が押さえつけていた。

「………」

「………」

暴走状態の美埜里さんを押さえながら言葉もなく頷《うなず》き合う僕と的場《まとば》さん。

なんと言うか、僕は初めて、的場さんと心が通じ合った気がした。

………なんて言ってる場合ではなくて！

「ん？　どうかしたかい？」

美埜里さんの頭を押さえている僕と的場さんに気が付いたらしく……ルーベルト王子がこちらを振り返ってそう尋ねてきた。

まずい。さすがに二人がかりで無理矢理、美埜里さんを押さえ込んでいれば、目立たないはずがない。ペトラルカ達もいったい何事かと驚いた様子で僕達の方を見ていた。

「あ、いえ、その」

僕は慌てて脳みそをフル回転させながら適当な理由をでっち上げる。

「この人、その、えっと、びょ、病気なんです！」

「それは……大丈夫かい？」

ルーベルト王子は僕達を気遣うように首を傾《かし》げる。

「ここは無理せず医者を呼ぶべきでは――」

「だ、大丈夫です！　すぐに治めますんで！　いつもの発作なんで！」

うわぁ……この王子様すごくいい人だよ！　美埜里さんが実はBLこじらせて貴方《あなた》にホモホモしいアフレコしてましたとか、とても言えない!!

「懐かしさのあまり、少々挨拶が長引いてしまったようです」

ルーベルト王子はペトラルカ達に向き直ってそう告げた。

「ご病気の方もおられたというのに、申し訳ない」

「いやもう、本当にお気になさらず……！」

光流《ヒカル》さんにも手伝ってもらって美埜里さんを押さえ込みながら、僕は――むしろこっちが申し訳なさで胸が一杯になりながら、叫ぶように言った。

とはいえ、建て前は建て前、本音は本音――ルーベルト王子達には申し訳ないけど、正直早く終わってほしかった。このままじゃ爆発する。美埜里さんが。ルーベルト王子と騎士ガリウス、美形二人を美埜里さんの側《そば》に置いておくのは、とてもとても危険だ。

しかし――

「しかし……最後に一つだけ」

僕の焦りなどまるで気付かない様子で、ルーベルト王子はそう言った。

「実は、此度《こたび》の訪問——ご挨拶とは別に、重要なお願いがあって参ったのです」

「なんじゃ？　改まって」

ルーベルト王子の言葉に、ペトラルカが聞き返す。

するとツェルベリクの第六王子は、改めて、直立不動の姿勢を取ってペトラルカをまっすぐに見つめた。

「私、ツェルベリク王国第六王子、ルーベルト・ウォールインは——」

まるで何か詩歌を吟ずるかのような、朗々とした声でルーベルト王子は言った。

「我が国の親愛なる友邦、神聖エルダント帝国の敬愛すべき皇帝、ペトラルカ・アン・エルダント三世陛下——貴女《あなた》に、婚姻を申し込みに参りました」

静まりかえった謁見の間にルーベルト王子の声だけが凛然《りんぜん》と響く。

…………

…………

…………え？

その言葉の意味を理解するのに、僕は若干の間を要した。

いや。それは僕だけではなくて——

「…………へ？」

きょとんとした表情で瞬《まばた》きを二度三度してから——ぽつりと間の抜けた声を漏らすペト

ラルカ。

そしてそれを皮切りに……

「ええええええええええええええええええええええええええええええええええええ!?」

混乱する僕の叫び声と、動揺する重臣達のざわめきが、謁見の間に広がっていった。

第二章　その王子××につき

「陛下が――ご結婚？」

ミュセルが目を丸くしながらそう言った。

ルーベルト王子による衝撃の求婚から半日後。

日本政府にもろもろの報告があるからと、自衛隊の駐屯地へと向かう的場《まとば》さんと別れ
……僕達は屋敷へと帰ってきていた。本来は〈アミュテック〉社のルーベルト王子への紹介やら何やらが予定されていたのだけれど、今、エルダント城はそれどころではなく、いったん、僕達はおいとますることになったのだ。それを決めるのにも――僕達の退出に許可を出すにも八時間近くかかったことを想うと、いかにエルダント側が混乱していたかがよく分かる。

ともあれ――

僕達はミュセルが大急ぎで用意してくれた料理で夕食を摂ることにした。おそらく今日はエルダント城の方で晩餐会《ばんさんかい》が行われるだろうから、夕食は要らないと当初ミュセルには伝えていたので、彼女にはちょっと無理を強《し》いることになってしまった。

時間もなく、材料もあり合わせなのに、いつもとそう変わらない美味《おい》しい食事が出てくるところが、ミュセルのすごいところだけれど――今はまあ、それはさておき。

「どうなんだろう。即答はしてなかったし」

驚きの表情で固まっているミュセルに、僕はそう言った。

「エルダント側にとっても寝耳に水の話だったみたいで――」

「そうですか……そうですよね」

とミュセルが何やら自分に言い聞かせるかのように頷《うなず》きながら言った。

「正直、ペトラルカが結婚とか言われても、想像できない――」

――わけでもないのだけれど。

それこそ昨日は僕自身が、ペトラルカと結婚する場面を妄想しちゃったりしてるわけだし。でもやっぱり、現実として彼女が結婚すると言われても、いまひとつ実感が湧かない。

「そんなことないですよ」

と優雅にスープを口に運びながら言うのは光流《ヒカル》さんだ。

「むしろ今まで話が出てこなかったことが、おかしいんじゃないですか？」

「そ、そうかな？」

「陛下はもう十七なのでしょう？　立派な女です。日本の平安時代では、十三歳でもう結婚していたといいますし」

「その辺は知ってるけど。でもそれは平安時代の話で」

「ええ。ですが文化や文明の水準から考えれば、このエルダントも日本の平安時代や鎌倉時代と大差ないのでは？」

「……それは……」

その通りだ。

結婚というものに何を求めるかはさまざまだと思うけれど、単に『特定の異性と次世代を担う子を生《な》すための制度』と考えるならば、女性は妊娠可能になった時点で結婚も可能と考えることができるわけで。

むしろ二十歳だの十八歳だのを『大人』と『子供』の境目と考えるようになったのは、近現代に入ってからだろうし、人類の歴史の中では、まだまだ新しい――日の浅い考えとも言える。十七歳は結婚適齢期ど真ん中、と考えることだってできるのだ。

ともあれ……

「そもそも……今の時点で陛下に婚約者がいないことの方が、驚きですよ」

光流《ヒカル》さんはそう言った。

「そうなのかな……」

「でも皇帝陛下のお相手となると、身分も重要になってくるのでしょうし、他国とはいえ王族の直系、王子ともなれば申し分ないはず。ザハール宰相もおかしい話ではないと、おっしゃっていたでしょう？」

「まあね……」

「宰相様が……？」

僕達の会話の意味が分からなかったのか――ミュセルが、不思議そうに首を傾《かし》げる。

ペトラルカの結婚話に何故、ザハール宰相の名前が出てくるのか分からない、といった様子だった。

「ああ――つまりね」

僕はかいつまんで説明することにした。

ザハール宰相によれば、もともとエルダント帝国とツェルベリク王国の交流は数世紀に及び、その間には何度も帝族と王族の間で婚姻関係を結んできた歴史があるのだそうだ。

もちろん、これは同盟を維持するうえでの、人質というか……多分に政治的な思惑の絡んだことであったのは僕にも想像がつく。そして人質として意味があるのは、やはり帝族や王族か、それに準じる大貴族の血縁に限られてくるだろう。

その意味で、むしろルーベルト王子はペトラルカの婚姻相手としては申し分ないのだ。

第六王子ということで王位の継承順位は高くないけれど――現国王直系の王族という意味では、充分にペトラルカとも釣り合いがとれる。

要するにルーベルト王子の申し出は、別におかしいものではないのだ。

事前になんの根回しもなく、いきなりルーベルト王子がそれを口にしたので、エルダント側が混乱しているだけで――

「もちろんだからといって、ザハールさんが結婚に賛成してるってわけではないけど」

「そう……なのですか……」

何事か考え込む様子で俯《うつむ》くミュセル。

「……それに……今のところペトラルカがどう考えているのかも分からないし……ね」

僕は苦笑してそう付け加えた。

昨日ミュセルに、ペトラルカが僕のことを好きなのだ、という話を聞いたばかりだけれど——これも別に本人に確認した話ではない。ただ、僕のことはさておき、ペトラルカ自身が結婚のことをいろいろと真面目に考えていたならば、その手の話題が今までにも出ていてもおかしくないのだ。

たぶん、ペトラルカも今のところ、あまり結婚だのなんだのは真剣に考えていなかったはずだ。

だからこそルーベルト王子の申し出に驚いた。

たぶん、今頃、彼女はどうしたものかと頭を悩ませているだろう。

もちろん——ペトラルカが、ルーベルト王子のことを好きだというのであれば、祝福するべき話だ。もともと顔見知りではあったようだし、美形だし性格も良さそうだし、ペトラルカが彼のことを好きであっても、なんら驚く話ではない。

ただ——そのわりには今まで、彼女の口から一度もルーベルト王子の名前を聞いたことがなかった。だとすると、好感を覚えてはいても、恋だの愛だのの対象にはまだなっていていない、と考えるべきなのだろう。

　なんにしても唐突すぎる。

「結婚ってやっぱり、好きな人とするものだろ？　ねえ、ブルーク、シェリスさん」

「え……？」

　まさか話を振られると思っていなかったのだろう——僕に名前を呼ばれて、黙々と食事をしていた二人が、揃《そろ》ってその細長い顔を上げた。

　ブルーク・ダーウェン。

　シェリス・ダーウェン。

　この夫婦はいわゆる『人間』ではない。リザードマンと呼ばれる種族で僕達とは容姿から生態から著しく隔たりがある。簡単に言えば彼らは二足歩行するトカゲなのだ。表皮は硬く、体毛はなく、体温は外気温に著しく影響を受ける——爬虫類《はちゅうるい》そのものである。

　ブルークは庭師として、シェリスさんはミュセルと同じくメイドとして、この屋敷で働いてくれている。以前はまあいろいろ事情があって、別居状態だった二人だけれども、今は本当に仲睦まじい夫婦だった。

「…………」

「…………」

　顔を見合わせるブルークとシェリス。

　何やら僕の言葉に戸惑っているようだけれど——

「旦那様。私達は――」

「あっしらが『番《つがい》』になることは、族長に言われて決まったことなんで」

「あれ？」

そうなの？　つまり本人の意志とか関係なし？

そういえば……なんか前にその辺の事情を聞いたことがあるような。

もともとブルークはリザードマン達の中で名高い英雄で、シェリスさんは族長会における有力族長の娘で……もともと知り合いで親しい仲だったから、異論はなかったけれど、彼らの結婚は政略の最たるものだったとかなんとか。

「もちろん……その……嫌だったわけではねえんですが」

「私も……むしろ決まったときには嬉《うれ》しかったですし」

そう言ってまた顔を見合わせるブルークとシェリス。

「…………シェリス」

「…………ブルーク」

そして二人の間に満ちる微妙な空気。

リザードマンなんで、あんまり表情とかはわからないんだけど、これはあれか。やはり互いに愛を確認して見つめ合う二人とか、そういう状況《シチュ》か。惚気《のろけ》か。惚気なのか。改めて惚《ほ》れ直したりしてる最中か。ええい爆発しろリア充め！

「――ブルーク達ですらそうなのですから」

光流《ヒカル》さんが、苦笑しながら話をこっちに引っ張り戻してくれた。

「皇帝陛下の結婚が、恋愛結婚なわけないでしょう。貴方《あなた》の言い方を真似るのであれば、それこそ――」

光流さんはふと口調と声音《こわね》を変えて言った。

「『漫画やラノベじゃよくあることだしね』」

「……それは確かにそうだけど」

貴族の結婚なんて、そのほとんどが政治的で、大人の事情が交錯するもの――少なくとも僕が知る限りはそうだ。光流さんの言う通り、漫画やラノベで得た知識であって、別に本格的に歴史を研究したわけではないけれど、たぶん、そんなに間違っていないはずだ。

それは分かってる。分かってるけれど――

「結局、私達がとやかく言っていても、どうしようもない問題なんですよ」

「うん、まあ、そうなんだ、けどね？」

「歯切れが悪いですね」

光流さんがにんまりと――何やら意地の悪そうな笑みを浮かべる。

「失ってみて初めて分かる――というやつですね」

「別に何も失ってないし！　というかそういう話じゃなくてね⁉」

別にまだペトラルカがルーベルト王子と結婚すると決まったわけでもないし！

どど動揺とかしてないし！　まるでしてないし！　全然まったくだし！　ああ、ミュセルもなんだか不安げな顔でこっち見ないで！

「とにかく、僕らがどうこう言っても仕方ないのは、その通りだね、うん！」

僕はこの話題を切り上げようと強引にそうまとめる。

止まっていた手を動かし食事を再開――しようとして、そこで僕は気付いた。

「……エルビア？」

僕の向かいに座っていた少女の手が、止まっている。

エルビア・ハーナイマンは、ウェアウルフと呼ばれる半獣人種族の少女だ。

もともと隣国バハイラムからエルダントに向けて放たれた密偵《スパイ》だったのだけど、まあ、いろいろあって、今はこの屋敷で絵描きの仕事をしている。

『人狼《ウエアウルフ》』と呼称されるだけあって、頭には獣耳《ケモノ》が、そしてお尻にはふさふさの尻尾が生えている。

耳や尻尾と同じく茶色の髪は肩に届くか否《いな》かといった程度の――何をするにしても邪魔にならない長さで、引き締まった身体と相まって、活動的な印象を見る者に与える。チューブトップ状の服は露出面積が多め――おへそなんかも丸出しだけれど、あんまりエロく見えなくて、むしろ健康的な雰囲気になっているのは、良くも悪くも開けっぴろげなその性格ゆえのことなのだろう。

半獣人の彼女は身体能力に優れ――だからこそ普段からよく食べる。小柄な身体のどこに入るのか、と思うくらいにもりもりとご飯を食べる彼女の姿は、お馴《な》染《じ》みの夕食風景だった。

そんな彼女が食事の手を止めているのだ。珍しい。

「どうかした？」

「その、ミノリ様は、どうされたんすか？」

そう尋ねてくるエルビアの口調には躊躇《ちゅうちょ》――というより怯《おび》えの色が濃い。

彼女が見ている方へと、僕達も視線を向けた。

そこにいるのは、まあエルビアの台詞《せりふ》にもあった通り、美埜里《みのり》さんである。

彼女は右手でスプーンを、左手でフォークを持って、顔の前に掲げている。それ自体はまあ別に驚くことでも訝《いぶか》しむことでもないのだけれど、なんと言うか――その動きがおかしい。

明らかに食事のための動かし方ではないのだ。

「『やめてくれフォーク』」

美埜里さんは言った。

「『僕には心に決めたナイフがいるんだ』『あんな誰かを傷付けることしかできないやつより俺を選べよ。お前の心、貫いてやるぜ』」

ぶつぶつ呟《つぶや》きながら、美埜里《みのり》さんがフォークの切っ先とスプーンを、カツンとぶつける。

「『つ、貫けない、だと……!?　お前の心はそこまで固いっていうのか……!?』……ふふふふふふふふふふふ」

唇の両端を吊《つ》り上げて一人で笑う美埜里《みのり》さん。

眼鏡の奥――手元のスプーンとフォークに向けられているはずなのに、焦点が遥《はる》か彼方《かなた》に結ばれているかのような虚《うつ》ろな瞳が、とてもとても、怖い。

まあエルビアが怯《おび》えるのも当然である。

「……気にしないでエルビア」

「で、でも、でも」

「美埜里さんずっとこの調子なんだ」

「は、はあ……そうなんすか？」

「今日の刺激が強すぎたみたいでさ。こっちの世界に戻ってこれてないんだよ……」

まあ、ＢＬの登場人物そのまんまの二人と出会ってしまったことで、妄想に歯止めが利かなくなっちゃってるんだろう。普段の美埜里さんはなんだかんだ言っても時と場所をわきまえているというか――それなりに克己心《こっきしん》の強い人なんだけど、それだけに、タガが外れると、外れっぱなしになっちゃうのかもしれない。

「うふ。うふ。うふふふふ」

不気味な笑い声を漏らし続ける美埜里さん。

ミュセルとエルビア、ブルークとシェリスは、何やら不安げに顔を見合わせている。

ちなみに僕と光流《ヒカル》さんは、帰りの羽車の中はおろか、帝城で待たされている間もずっと一緒だったため、もう慣れた。まあ放っておけば妄想するだけした末に、満足して戻ってくるだろう。

とりあえずマイ腐ワールドに没入している美埜里さんはいないものとして扱うことに決め、僕はエルビアにも気にせず食べるように告げた。

そのとき――

「――あ」

ふとミュセルが顔を上げて目を瞬《しばた》かせる。

「誰か訪ねてきたみたいです」

「……え？」

「今、玄関の方でノックの音が。私――見てきます」

そういってミュセルは立ち上がると、パタパタと軽い足取りで食堂を出て行った。

「今、何か聞こえた？」

「私は特に……」

光流さんに尋ねても首を振るばかりだ。

そういえばミュセルってハーフエルフだから、聴覚が普通の人間より鋭いって話を前に聞いたような。長い尖《とが》り耳は伊達《だて》ではないということだろう。五感が鋭いという意味ではエルビアも同様なのだけど、彼女は垂れ耳のせいか、聴覚よりは視覚や嗅覚に偏っている感じがする。

なんにしてもミュセルは僕達、普通の人間には――いや半獣人のエルビアやブルーク達にさえ聞き取れないような小さな音を、捉えたのだろう。地味だけどすごい能力である。

ただ――

「でもこんな時間に訪ねてくるのって、誰？」

「さあ……」

光流《ヒカル》さんはまたもや首を傾《かし》げる。

まあ、僕に見当がつかないのだから、光流さんに分かるはずもないか。この屋敷に暮らしている月日が長いのは僕の方で――当然、エルダントの知り合いも僕の方が多い。

「あの――シンイチさま」

ミュセルはすぐに戻ってきた。

彼女は食堂の入り口で足を止め、何やら恐縮した様子で声を掛けてくる。食事を中断させるのが申し訳ない――といった感じだけれども。

「誰だったの？」

「えっと……」

ミュセルは明らかに困惑していた。

今、食事中だし、約束のあった相手でもないので、取り次いでいいものかどうかわからない――といった様子だ。

だけど相手は、こっちの状況などまるでお構いなしのようだった。

「シンイチ先生！」

聞きなれた声がミュセルを押しのけるようにして飛び込んでくる。

「えっ、ロイク⁉　ロミルダも⁉」

ミュセルの横から食堂へ顔を覗《のぞ》かせた二人に――僕は驚いた。

長身の少年と短軀《たんく》の少女だ。

少年の方は、長い金髪と、涼しげに整った顔立ちのエルフ――ロイク・スレイソン。

少女の方は、短く二房にくくってまとめた赤毛で、愛らしい顔立ちのドワーフ――ロミルダ・ガルド。

共に〈アミュテック〉が運営する学校の生徒で、僕の教え子だ。

ロイクは政務官の父を持つ貴族の息子、ロミルダはガルド工房というエルダント帝国内でも屈指の工房を持つ親方の娘で、亜人種ではあるのだけれど、エルダントの内部では比較的高い地位にいる――いわばお坊ちゃんとお嬢ちゃんだ。

たいていのファンタジーで定番であるように、エルフとドワーフは仲が悪いのだけど――そしてこの二人も、もともとはかなり険悪な仲だったのだけれど、最近はよく一緒に行動している姿も見かける。

しかし――それはそれとしても、どうしてこんな時間に？

「いったいどうしたの？」

僕は席を立ってロイクとロミルダの方に歩み寄る。

すると――

「――⁉」

ロイクとミュセルの間、ロミルダとミュセルの間――つまりミュセルの左右から、いきなり腕が伸びてきて、僕の手を摑《つか》んだ。

な、何事⁉

――っていうか、ミュセルが戸惑っていたのは、ロイクとロミルダが来たからではなくて、この腕の主が一緒にやってきたからなのだろう。

すなわち――

「シンイチ殿！」

ロイクとロミルダを押しのけ、ミュセルの左右から姿を現したのは――やっぱりエルフとドワーフだった。しかもエルフの方は、ロイクとうり二つの顔付きをした男性、ドワーフは髭面《ひげづら》のおっさんである。

「え？　あの……」

しかもよく見れば、ミュセルの背後には、さらに二人分の人影があった。

どちらも女性で――やっぱりエルフとドワーフである。ドワーフの女性の方は、ロミルダによく似た面差《おもざ》しだ。

これは――

「僕の父と母です」

「私の父と母です」

驚く僕に、ロイクとロミルダがそう説明してくる。

「エリック・スレイソンです。こちらは妻のアニエスです」

「ライデル・ガルドです。こっちは妻のローナでさ」

改めて自己紹介されて――思い出した。

そうだ。確かにこの人達、ロイクとロミルダの親御さんだ。どちらも謁見の間にエルダント帝国の重臣が集まっている際に、見かけたことがある。

「いつも愚息がお世話になっております」

「いつもうちのじゃじゃ馬がお世話になっとりやす」

何故かそろって同じように挨拶してくるエリックさんとライデルさん。一緒に来ていた奥方二人もやっぱり同じように会釈してきた。

「いえ、こちらこそ――」

ロイクとロミルダには前に僕がバハイラムにさらわれた際、助けてもらったことがあるし、ガルド工房の職人さん達には、ペトラルカの影武者人形の件でもずいぶんと働いてもらった。

けれどそれはそれとして――

「でも、どうしたんですか？　皆さん揃《そろ》って……」

そこまで言って僕は気付いた。

ロイクとロミルダは単なる案内役だ。僕に用事があるのはどうやら、彼らのご両親であるようだった。子供達と違って、大人四人の顔には、そろって深刻な色が浮かんでいる。

「どうしたの？」

この状況を不審に思ったのだろう――美埜里《みのり》さんが、我に返って僕の元までやってくる。

僕と美埜里さんを交互に眺めてから、エリックさんとライデルさんは頷《うなず》き合って――そしてこう言った。

「シンイチ殿に、お話が――いえお願いが、あるのです」

両親ズの話はこうだった。

実は――エルダントの重臣達の間には、第一皇子派と第二皇子派、二つの派閥がある。

もちろん、今現在、皇帝陛下であるペトラルカに子供はいないから、第一皇子、第二皇子というのは前の世代――つまりペトラルカやガリウスの親御さんのことを指す。ペトラルカの祖父にあたる先代皇帝陛下の在位時代の派閥が、そのまま残っているという状態だ。

この派閥はそれぞれの皇子を支持、擁立し、水面下で権力闘争を繰り広げていたみたいなのだけど——その結果、両派の旗頭であるペトラルカとガリウスの両親は、皇位継承権を争って、互いを毒殺、共倒れになってしまった。

その後——両派閥は強く先代皇帝に諫《いさ》められたこともあり、権力闘争は鎮静化し、ペトラルカを皇帝陛下に据え、ガリウスをその補佐、つまり摂政役に据えることで、一応の決着を見た。

ちなみに逆にならなかったのは、皇位継承権がより上である第一皇子の子がペトラルカであったことと、逆の立場だとそもそも成立しない——歳下《としした》のペトラルカがガリウスの摂政役に据えられるのはあまりに不自然、ということもあり、こうなったのだとか。

二つの派閥は消滅こそしなかったものの、ペトラルカとガリウスの仲が良いこともあって、とりあえずの均衡を保ちつつ、現在に至る——と。

しかし——

「実は、その均衡を崩す者がいるのです」

エリックさんは沈鬱な表情でそう言った。

場所は食堂から居間に移り——僕達は訪問者勢、すなわちロイク、ロミルダ、そしてその両親ズと相対する形でソファに座って話を聞いていた。

ちなみに何故か案内役に過ぎないロイクとロミルダが座っているのだけれど——どうもこの状態、両親の緩衝役を二人がしているようだった。エルフとドワーフはやはり基本的にはあまり仲がよくないらしい。憎み合っている、というよりは単にウマが合わないような感じだったけれど。
　ともあれ――
「均衡を崩すって……」
　つまりいったんは落ち着いている二つの派閥を、また争わせようとしている――という
ことか。
　ちなみにスレイソン家もガルド家も立場的には重臣である。日本で言うところの国土交
通関係の要職についているのがエリックさん、建設関係の要職についているのがライデル
さん、ということらしい。でもって二人とも、ガリウス派に属しているんだとか。
「それって危ないんじゃ……？」
　ペトラルカとガリウスがいきなり両親のように暗殺合戦を繰り広げるとはとても思えな
いけれど――周囲がいろいろと暗躍すれば、二人とも、のっぴきならない状態に追い込ま
れることもあり得る。絶対権力者といっても、周囲の臣下との関係を無視してなんでもで
きるわけではないのだろうし。
「もちろん、たいへん、危険な状態です。内乱そのものも脅威ですが、下手をすればその
政情不安に諸外国がつけ込みかねない」
　とエリックさんが頷《うなず》いた。
「そんな――」
　神聖エルダント帝国を危機に陥れんと暗躍する黒い影。

僕は顔も知らないその何者かに強い嫌悪感を抱いた。

ペトラルカはもちろんだけど、ガリウスだって――そして僕を受け入れてくれたこの国の人達は、僕にとっては恩人でもあり、大事な知人友人達なのだ。物陰でコソコソと陰謀を巡らせて皆を危険に晒《さら》すなんて――

「だが幸いにも我が国には現在、この危機に立ち向かえる人物がいる」

「左様《さよう》、たった一人だけ――」

エリックさんとライデルさんが真剣な面持《おもも》ちでそう言った。

この危機からエルダント帝国を救える人物。

何そのスーパー英雄？

「いったい、誰が？」

「貴方《あなた》です」

…………

…………

…………はい？

「カノウシンイチ殿。この危機から帝国を救えるのは、貴方だけなのだ」

予想外の一言に思考停止して固まっている僕に――駄目を押すようにして言ったのは、ライデルさんである。

「――いや、あの？　僕⁉　僕って言った？」

「…………」

思わず助けを求めるように見回した視線の先で、両親ズはもとより、ロイクとロミルダまでもが揃《そろ》って頷《うなず》いてくる。

何コレ？　なんでそうなるの⁉

「美埜里《みのり》さん――」

僕は途方に暮れて美埜里さんの方を見る。

しかし、彼女もわけが分からないのか――困惑の表情で両親ズの方を見つめているだけだ。

「ああ――言葉足らずで申し訳ない」

エリックさんがそう言ってきた。

「何というか、その……陛下はシンイチ殿を気に入っておられる」

「…………」

まあ、否定は――しない。

少なくとも仲が悪いってこともないし。その、ミュセルの言うような恋愛感情とかがあるかどうかはさておき――

「また、ガリウス殿下もシンイチ殿を気に入っておられる」

「それは……」

うん、まあ、これも否定しない。

やっぱりガリウスとは普通に喋《しゃべ》るし、個人的な話もたまにする。そもそもペトラルカとガリウスの両親の話を僕にしてくれたのは――本来ならば『恥』にもなりかねないような昔話をしてくれたのは、ガリウスだ。

もちろん、これも友人知人としての好意ね。ここ重要。断じて――

「そうなんです！」

やたら気合の入った声で言ったのは、もちろん、僕ではなくて。

「ガリウスさんは慎一《しんいち》君に惚《ほ》れているんですよ！」

そこの腐人自衛官！　話をややこしくすんなッ!!

「ライクじゃなくてラブですよ！　あわよくば一線を越えてしまおうと虎視眈々《こしたんたん》と狙っているはずなんです！」

「それはあんたの妄想だッ！」

「やだもう！　照れなくていいのよ慎一君！」

キラキラ――というよりむしろ、ギラギラと目を輝かせて美埜里《みのり》さんは言った。ああ、ようやくこっち側に戻ってきたと思ったのに、また変なスイッチが入って、あっち側に行ってしまわれた……。

「他人から見ても愛されてるって分かるなんて、もうっ、ラブラブなんだからぁっ」

両手で頬《ほお》を包み、美埜里さんは身体をくねらせている。

なんかもう、いつもとキャラまで変わってますよ、美埜里《みのり》さん。

「あー……」

美埜里《みのり》さんの異様な盛り上がり方に、両親ズは呆然《ぼうぜん》とした様子で無言。というか若干、引いているようだった。まあ初めてコレを見たらそうなるよね。ちなみにすでに何度かこういう場面を見ているロミルダは苦笑していて——ロイクはといえば、何をどう感じているのか、うっとりとした表情で美埜里さんの狂態を見つめていた。

いいのか、ロイク、それで？

「どうしたものか——」

美埜里さんがいると話が進みそうにないというか、変な方向にねじ曲がりかねない。

僕は助けを求めるように周囲を見回して——

「——あ」

居間の入り口に、ちらりと覗《のぞ》く尻尾に気付いた。

どうやら本人は物陰に隠れてこっちを窺《うかが》っているつもりらしい。でも頭隠して尻尾隠さずだ。そしてこの屋敷の中でもふもふの尻尾を持っているのは一人しかいない。

「エルビア」

「は、はひっ」

僕に呼びかけられて——裏返った声を上げながら、エルビアが入り口から顔を覗かせた。

「ご、ごめんなさいっす！　の、覗いてたわけじゃなくて、えっとえっと、ど、どんな話してるのかなって少し思っただけで……」

「つまり盗み聞きをしていたと」

「あ、いや、えっと——」

　言葉に詰まるエルビア。

　まあ暇だったのか、好奇心に負けたのか——そんなところだろう。

　しかしこういう真似をすると、自分の立場が危うくなるってことに、この子、気付いてないんだろうか。もともと彼女はバハイラムの密偵《スパイ》だったわけで——今はもう僕も屋敷の皆も彼女のことを疑うどころか、そんな事情も忘れがちだけど、こうして覗き見やら盗み聞きやらしていると、また改めて、あらぬ疑いを掛けられかねない。

「あ——エルビア。ちょうど良かった」

　そう声を掛けたのは、それまで黙って話を聞いていた光流《ヒカル》さんだった。

「悪いのだけど、美埜里《みのり》さんをどこかに連れてってくれませんか？」

「……はい？」

　きょとんと目を瞬《しばたた》くエルビア。

「また『病気』が出たから。このままじゃ話が進まないから」

「あ——分かったっす！」

　エルビアも美埜里さんの『病気』はよく知っているので、素直に頷《うなず》くと——美埜里さんのところに駆け寄って、彼女を羽交い締めにする。

「――でも私としては今回の王子の登場によってラブラブな二人の関係に新たな障害という名の壁が立ちはだかると信じているのよ！　だって今頃二人は同じ城、一つ屋根の下にいるわけで……」

でも妄想に忙しいのか、エルビアに引きずられていることにも気付かない様子の美埜里《みのり》さんは、そのまま居間から連れ出されていった。

「――同じ屋根の下にいながら何もないと言い切れる⁉　否《いな》、そんなことありえない！　って、あ、待ってまだ話は終わってな……ちょっと、あ〜〜〜」

美埜里さんの声が遠ざかっていき――消えたのを確認すると、僕は改めて両親ズに向き直った。

「……えっと」

「病気なんです」

笑顔で――きっぱりそう応えたのは光流《ヒカル》さんである。

「よくあることですから、気にしないでください」

「はあ……」

それでもやはりまだ呆然《ぼうぜん》としている両親ズ。

ちなみに――僕の視界の端では、ロイクが美埜里さんの出て行った出入り口を見つめている。潤んだ瞳はやっぱり恋する者のそれだ。しかし美埜里さんのあの『病気』を間近で見ても気持ちが揺らがないとか――ひょっとしてロイクも一種の変態なんじゃないか？

まあ、それはさておき。

「……あー、話を戻しましょうか」

僕は気を取り直してそう言った。

「あ、はい」

とりあえず両親ズも表情を引き締めて頷《うなず》いてくれた。

「……えー、とにかく、陛下もガリウス殿下も、シンイチ殿を気に入っております」

咳払《せきばら》いをして、エリックさんは言った。

「……仮にそうだとして……でもそれが、今回のことになんの関係が？」

「実を言えばですね」

エリックさんは溜《た》め息をひとつついてこう続けた。

「我々としては、両派閥の対立を完全に解消するための、腹案があったのです」

「……それは？」

「ご結婚です。陛下と、コルドバル卿《きょう》の」

「……！」

驚きはしたものの――でも考えてみればそれは順当な方法だった。

もともとどちらも直系の帝族で、血筋としても、身分としても、申し分ない。また僕らの世界でも純血主義を唱えて王族が近親婚を繰り返すなんて話もかつては珍しくはなかった。いや、今現在でも、日本の法律は従兄妹《いとこ》同士の結婚を認めている。

それは充分に実現可能性のある案だった——のだろう。

しかし……

僕が知る限り、ペトラルカはガリウスのことを異性として意識していない。せいぜいが、兄——という程度だ。そしてガリウスの側も同じだろう。

というより両親のことがあるせいか、二人の間にはある種の遠慮のような感情が、たまに見て取れる。最近でこそわりと仲良くしているみたいだけど、もともとは、ぎくしゃくした部分もあったのだろう。

しかも……ガリウスはガリウスで、異性に興味がないっぽい。

なので二人を無理矢理周りが説得して結婚させたとしても、実《じつ》がないというか、形だけのものになってしまい、次世代の皇帝が生まれることもなくなってしまう。そうなればよけいに傍流の血縁者達が『我こそは皇帝の血筋』と主張して出しゃばってくる可能性もあるわけで——それはまた新たな権力闘争の火種となり、この神聖エルダント帝国に混乱を生む。

結局、ペトラルカを皇帝に、ガリウスを摂政に据えるというのは、その場凌《しの》ぎの次善策でしかないのである。これが永続しない、一時的なものと知りながら……第一皇子派と第二皇子派の両派閥は、保身の意味からも、現状維持を続けるしかなかった。

そこに現れたのが——

「貴方《あなた》なのです」

「……僕？」

加納慎一《かのうしんいち》だった――ということらしい。

当初こそ多少のゴタゴタはあったものの、ペトラルカの『寵愛《ちょうあい》』を受け、なおかつガリウスに『興味』を持たれている僕の存在は、ある種、三角関係のような構図を造り上げることになったのだとか。

僕を間に挟むことでむしろペトラルカもガリウスも、比較的、親密さを増していった。相変わらず一時凌ぎの次善策ではあっても、第一皇子派と第二皇子派の均衡はより確かなものとなり、別の方策を探るための時間稼ぎとして、彼らは僕の存在を歓迎してくれていたらしい。あるいはこのままペトラルカとガリウスの親密度が上がれば、本来の目標であった二人の結婚も不可能ではないのでは――とも考えられていたのだとか。

……知らなかった。そんな思惑があったのか。

しかし――

「もし陛下がルーベルト王子の求婚を受け入れられた場合、その均衡が崩れるのです」

ああ、『均衡を崩す者』ってルーベルト王子の事か。

「え、でも、別に、結婚したからといってペトラルカが皇帝なのも、ガリウスさんが摂政なのも、変わらないんじゃないの？」

しかもそこに、僕は関係ないんじゃ……？

僕の疑問に――しかし両親ズの顔が厳しいものになった。

「そうなった場合、同盟国の手前、陛下とシンイチ殿は距離を置くことになるでしょう」

「へ？　な――」

何それ？　と聞き返しそうになって……けれど僕は、すぐに気が付いた。

はたから見れば僕は、陛下の『寵愛《ちょうあい》』を受けている男だ。

もしペトラルカがルーベルト王子と結婚して、そのあとも僕と仲良くしようものなら、それは――まあ、決して良くは思われないだろう。もしペトラルカに子供が生まれたとしても、それは本当にルーベルト王子の子供なのかという疑念がついて回りかねない。

下手をすると神聖エルダント帝国は、永い交流の歴史があるツェルベリク王国をないがしろにして、日本との同盟関係を優先している――などという意見が出てくる可能性もある。それは外交上、いろいろとまずいだろう。

「それにいくら同盟国とはいえ……ルーベルト王子が陛下の夫となった場合」

エリックさんが懐からハンカチを取り出して、額にあてながら言った。

「そのままルーベルト王子が我が国の実権を握ってしまうのではないか、下手をすれば我が国はツェルベリク王国に吸収合併されるのではないかと、我々も不安なのですよ」

確かにそれには、一理ある気がする。

いくら皇帝とはいえ、ペトラルカはまだ十七歳の少女だ。対してルーベルト王子は、彼女より歳上《としうえ》の、大人の男。知識や経験はペトラルカより上だ。

いつの間にか実権を握られていた、国が乗っ取られていた、なんてことが、あり得ないわけじゃない。

今まで何度も帝族王族の婚姻関係が結ばれてきたとはいっても、相手国の帝族なり王族なりに女性が嫁入りするのがほとんどで、これが皇帝や国王の場合となると、『婿入り』は今まで皆無だったのだとか。

しかも――

「同盟国とはいえ、ツェルベリクは――亜人種差別が強い国で」

ライデルさんが顔をしかめてそう言った。

「そうなった場合、我々の立場も危ういものとなるわけで」

ああ……なるほど。

重臣達の扱いに関して、ツェルベリク出身のルーベルト王子に権限が集中すれば、スレイソン家やガルド家にとっては死活問題だ。最悪の場合、これまでの努力で築き上げてきた地位や俸禄《ほうろく》を根刮《ねこそ》ぎ取り上げげられてしまうこともあり得る。

いや……彼らだけではない。

エルダント帝国の重臣にエルフやドワーフがいる、という事実は少なからず庶民の価値観に影響を及ぼしている。このエルダント帝国にも亜人種差別はあるけれど――それがまだ諸外国に比べて緩やかなのは、スレイソン家やガルド家といった、亜人種の重臣が発言力を持っているからだ。彼らが政治の中枢から排斥《はいせき》されてしまえば、僕の周りにいる人達の――ミュセルやエルビア、ブルークやシェリスさんの立場にまで変化が生じてしまう可能性がある。

確かにそれはまずい。良くないことだ。

僕達の運営している学校では、教育の成果もあって、生徒相互の差別はずいぶんと小さなものになりつつあるけれど、これも考えてみれば、まだ人種差別の程度が緩やかな神聖エルダント帝国だったから――とも言える。

「で、でもそれは、ガリウスさんも考えていることなんじゃゃ……？」

僕や重臣達ですら危惧することを、あのガリウスが気付かないはずない。こんなところで僕達が気を揉《も》まなくても、彼が何か対策を練ってくれるんじゃないか？

僕はそう思ったのだけれど――

「…………」

僕の言葉に――むしろ両親ズの顔が暗くなった。

え？　何故？

「……実は」

ライデルさんが声を潜めて、上半身を乗り出してきた。内緒話をするかのようなその動きに、僕もつられて彼に顔を近付ける。

「ルーベルト王子は、その……ガリウス殿下がソッチの方面の趣味に目覚めるきっかけになった方だと……」

…………はい？

次々と襲い来る未知なる衝撃に、僕の脳は一杯一杯だった。

ソッチって——つまり、その、アレ？

「……目覚めるって……ガリウスさんって……もともとソッチの人だったんじゃ……？」

などと問いながら——僕はこの場に美埜里《みのり》さんがいなくて良かったと心底思った。

もしこんな話を彼女が聞いたら、今度こそ我を失うくらいに興奮して戻ってこられなくなっていただろう。いや、どこから戻ってくるのか知らないけど。きっとそこに往《い》けばどんな（ＢＬの）夢も叶《かな》うという愛の国なんだろう。ガンダーラ（意味不明）。

「ガリウス殿下は以前、両国の親善と交流のために一時期、ツェルベリク王国に留学していた時期があり……」

あ。その話は聞いたような。

で——どうもエリックさんの話によると、そのときの世話役《ホスト》がルーベルト王子であったらしいのだ。

で、そのときにいろいろと『仕込まれ』ちゃった——と。

おいおいおいおいおい。

まあでも……同盟国とはいえ故郷から離れた異国、ともなれば、たとえお供の者がいたとしても心細く感じるのは当然だろう。そのときに優しくされちゃうと、こう、ころっといっちゃう心理というのは、分からないでもない。

ていうかいまさらだけど、ガリウスって本当にソッチの人だったんだ……美埜里《みのり》さんの

冗談とかじゃなかったんだ……いやもう本当にいまさらだけど！　冗談だったらいいなっ

て本当に思ってたけど!!

……ん？　待てよ。

ということは、ルーベルト王子は、ガリウスの、なんと言うか……その……元カレ？

うわぁ。男同士で『元カレ』とか考えただけでも生々しい。

あ、でもそう考えるとガリウスの様子が今朝から妙だったのも、納得がいく。というか

美埜里《みのり》さんは勝手な妄想と冗談で、恋人云々《うんぬん》とか言ってたわけだけど――それってそのも

のズバリ真実だったということか。

しかしそれなら――

「でもそうなると……なんでルーベルト王子は……」

ソッチ系の人なら求婚すべきはガリウスなのでは。

そういえば僕らの方の世界でも、アメリカの多くの州や一部の国では同性婚が認められ

てたりするんだっけ。ということはエルダントでも――

いや。さすがにそれはないか。

同性愛に寛容かどうかはさておき、さすがに男同士で子供とかはできないだろうから

――世継ぎの存在が国政も左右するような王族が、男同士で結婚することはないだろう。

むしろ――

「……あ」

ようやく僕はもろもろの事情に納得がいった。

「……もしガリウスさんが今もルーベルト王子のことを好きなのだとしたら……もしかしてこの結婚に反対は……しない……？」

ペトラルカとルーベルト王子が結婚すれば、必然的にガリウスも、ルーベルト王子の側《そば》にいることができるようになる。男同士で形式として結婚はできないけれども、事実上、一緒に暮らすことだってできるわけで――

「その可能性を、私達は危惧しています」

僕の想像を裏打ちするかのようにエリックさんが頷《うなず》いてみせる。

なるほど……これは……なんと言うか……

「だからこそ貴方《あなた》の存在が重要になってくるのです」

エリックさんの言葉と同時に、両親ズが身を乗り出してくる。

彼らの真剣そのものといった表情に、思わず気圧《けお》されて身を引く僕だけれど――それを許さないとでも言うかのように、左右から伸びたエリックさんとライデルさんの手が、僕の手を掴《つか》んだ。

「いや、でもどうして僕が――」

「陛下の身近で最も親しい関係の異性は貴方です」

それまで黙っていたエリックさんの奥さん――アニエスさんがそう言った。

「こうした問題に関して、陛下に対して大きな影響力を持っておられる」

「……え？」

それってどういう意味？

まさか両親ズ……バハイラムがしてた勘違いみたいに、僕がペトラルカの『寵愛《ちょうあい》』（性的な意味で）を受けていると、本気で思ってたりする？

「また、貴方《あなた》は第一皇子派にも第二皇子派にも、ましてやツェルベリク王国にも属さない。中立の第三者だ。基本的に今回の問題になんの利害関係も持っていない。だからこそ、陛下にルーベルト王子の求婚を拒まれるよう、進言できるのは貴方しかいないのです」

「…………」

だから僕が帝国を危機から救える唯一の人物、なわけね。

……ってちょっと待って？

なんかそれって、僕が、その、ペトラルカに『結婚するな』って言うってことは、なんだかルーベルト王子に嫉妬してるみたいというか、彼女を口説いてるみたいっていうか
――

「どうかお願いします」

両親ズの、真剣そのものといった目が僕を見据えている。

少なくとも伊達《だて》や酔狂でこんな話を持ってきたわけではないのは、分かる。

分かるけど……！

「どうか……！」

ずい、と近付いてくる両親ズの顔に僕はたじろぐ。

けれど、逃げようにも僕の両手は摑《つか》まれたままで。

だから——

「か…………考えさせてください……」

僕としては、そう答えるのが精一杯だった。


でもって——翌日。

朝食を食べ終わった僕達のところに、的場《まとば》さんがやってきた。

居間に移動しようとした僕達に、的場さんは『そのままでいいから』と片手を振ってみせると、自分も食卓の端の空いていた席に座った。ミュセルは気を利かせて何か的場さんにも朝食を用意しようとしたみたいだけど、彼はそれを笑顔で遠慮して、今はミュセルの淹《い》れてくれたお茶のカップを手にしている。

で——

「そういえば、古賀沼《こがぬま》君は？」

食堂を見回して的場さんが尋ねてくる。

ちなみに朝食が終わったということで、ブルークとシェリス、ミュセルはそれぞれの仕事をするべく出て行ってここにはいない。エルビアも同様——彼女の部屋に戻っていてやはりいない。

的場《まとば》さんと相対しているのは僕と光流《ヒカル》さんだけだ。

もちろん、本来ならば僕達の護衛役である美埜里《みのり》さんも、ここに同席していないといけないのだけれど——

「えっと……昨日からこっち、いろいろと体調が優れないみたいで、すみません」

実を言えば美埜里さんは昨日からBL妄想の暴走状態が収まっておらず、食卓と椅子を見てもそれぞれをキャラ付けして萌《も》え萌《も》えする始末——非常に気色悪《きしょくわる》いというか、なんか彼女の趣味にこっちまで洗脳されそうな気がしたので、的場さんが来る前に自室に戻ってもらっていた。

「呼んできましょうか？」

「そうか。まあ、とりあえずはいい」

「分かりました」

的場さんがそう言ってくれたので、僕は内心ほっとした。

「それで——今日はどういった用件で？」

と尋ねるのは光流さんである。

彼は優雅な仕草で一口お茶を飲み——ちらりと僕の方を見てからこう続けた。

「日本政府が、例の求婚騒ぎで何か言ってきましたか？」

「――！」

僕は息を呑《の》んだ。

昨日の――ロイクとロミルダの両親ズの訪問とその用件で頭が一杯だった僕は、そこまで頭が回っていなかった。

でもよく考えれば、的場さんもあのルーベルト王子が求婚する場にいたわけだし、当然この人は一部始終を日本政府に報告したことだろう。でもって――こんな大きな政治絡みの一件を、日本政府が黙って見ているとも思えない。

「うん。鋭いね。その通りだ」

と的場さんは笑顔でそう言った。

……………やばい。

僕は寒気を覚えた。何がやばいって、この人が朗らかに笑うときほど、やばいときはないのだ。悪い意味でのお役人そのもの――面従腹背《めんじゆうふくはい》は朝飯前、むしろこの人の笑顔っていうのは、たいていが洒落《しやれ》にならない何かをごまかすためのものなのだ。

「慎一《しんいち》君には是非とも、陛下の気持ちをしっかり摑《つか》まえておいてもらいたい――と」

「へ……？」

何言い出すんだこの人。

わけが分からず目を瞬《しばたた》かせる僕に――的場《まとば》さんは、わざとらしくも神妙な顔をして言った。

「ぶっちゃけ——今の神聖エルダント帝国における〈アミュテック〉の、そして日本政府の立場は、多分に、慎一《しんいち》君に対する皇帝陛下の私情が絡んだ結果だ」

「ですね」

言葉を失っている僕の代わりに、笑顔で頷《うなず》く光流《ヒカル》さん。

さらりと黒髪がその肩から滑り落ちて、なんというか、別に肌を露出しているわけでもないのに、妙な色気なんかが醸し出されたりして……毎度毎度、ノンケの僕ですらも妙な扉を開きそうになるのだけれど、まあ、今はどうでもいい。

「慎一君が皇帝陛下からの寵愛《ちょうあい》を失った場合……最悪、我々は神聖エルダント帝国内での拠点を失う可能性すらある」

「だから寵愛とかされてない——っていうか、なんです、そこまで大事《おおごと》ですか？」

的場さんはいつもの、気負いを感じさせない軽い口調で喋《しゃべ》っているが、それはつまりこの総合エンタメ商社〈アミュテック〉がなくなってしまうかもしれない——ということでもある。

「少なくとも日本政府はそう考えているね」

肩を竦《すく》めて的場さんは言った。

「昨日——あれから私は日本に戻って、事の次第を報告したんだがね。日本政府の見解としてはルーベルト王子の求婚は、日本政府への牽制《けんせい》なんではないか——と」

「牽制？　日本政府への、ですか？」

「わざわざ我々を同席させただろう？」

「……あ」

そういえばあの場に僕達を呼ぶことになったのは、ツェルベリク王国側の要請があったから——だったっけ。そのわりには改めてルーベルト王子やその従者が僕達と話をするとか、そういうこともなかった。僕は単に、エルダント側が混乱していて、その後の会食予定が吹っ飛んだからだと思っていたのだけれど——

「ルーベルト王子が、この時期に結婚云々《うんぬん》を持ちだしたのは、日本とエルダントが、ツェルベリクを差し置いて親密になることへの牽制なのではないか——とお偉方は疑っている。もしこれが本当だった場合、ルーベルト王子と陛下が結婚した後、日本勢力の排斥《はいせき》が始まる可能性がある」

「それは……」

まあ筋が通っている。

「もし、そうした政治的な思惑がなかったとしても、だ」

的場さんはカップを食卓において短く溜《た》め息をついた。

「一個人の感情からしてみれば、自分の妻になる女性が、懇意にしている男がいれば、夫としては面白くはないだろう。パトロンが芸術家と懇《ねんご》ろになる、なんて話、それこそ我々の世界の歴史を振り返ってみても、さして珍しくない」

「……それは、まあ、そうかもしれませんけど」

「同時に、皇帝陛下が慎一君《しんいち》と不倫関係にあったりした場合」

「ふ、不倫ですか？」

思わず声が裏返る僕。

なんだその昼メロ専用単語⁉

っていうか僕、初体験はおろかファーストキスもまだなんですけど⁉

「夫たるルーベルト王子は物笑いの種だ。さすがにそんなことを、身分ある人物が許容するとも思えない」

「……それも、まあ、そうでしょうけど」

「ならばそうした不安を払拭《ふっしょく》するためには、さっさと慎一君を遠ざけ、〈アミュテック〉を取り潰してしまうのがいちばん手っ取り早いだろう」

「…………」

言われてみれば……そんな気もしないではない。

「確かに……逆に考えれば、どうして、今なのか」

光流《ヒカル》さんが顎に手を当て首を傾《かし》げながら言った。

「確か神聖エルダント帝国では十六で成人でしたよね」

「あ……うん」

だからこそ初めて出会ったときに、自分をロリっ娘《こ》呼ばわりした僕に、ペトラルカは激怒したのだ。自分はもう大人なのだと。

「結婚可能年齢も同じだとして、もともと考えていた話ならば陛下が十六になったときにツェルベリク王国から話が来てもおかしくないですよね。いえ――帝族ですしもっと早い段階で婚約することだってできるわけで」

そもそも成人がどうのと言っても、神聖エルダント帝国やツェルベリク王国では最高権力者の意向が法に優先することだってあり得る。別に『帝族は特別』として十六以前に結婚することだって不可能じゃない。

そう。ツェルベリク王国が――というかルーベルト王子がペトラルカに婚姻を申し込む機会は、今までにだってあったはずなのだ。なのにそれをしてこなかった。そしてこの時期にいきなりそれをしてきた。

ならば何か事情が変わったから、と考えるべきで。

それは――

「……僕達が来たから？」

「たぶん、そういうことでしょうね」

「そういうことだね」

光流さんの言葉に的場《まとば》さんも頷《うなず》く。

「ああ……もう……だからってどうして皆僕に言ってくるんだよ……!?」

僕は頭をかきむしりたい気分で呻《うめ》いた。

「皆……？」

思わず僕の漏らした言葉に的場《まとば》さんが眉を顰《ひそ》める。

僕よりも先に彼の疑問に答えたのは光流《ヒカル》さんだった。

「昨日、ロミルダさんとロイク君のご両親が訪ねてきて――」

それから光流さんは昨日の、両親ズの要請について的場さんに話した。

第一皇子派と第二皇子派のこと、それから、エルフやドワーフの重臣達が置かれた立場と――彼らの望んでいることを。

「ふうむ……おおむねこちらの望んでいることと、同じだな」

的場さんは指先で顎をさすりながら言った。

「慎一《しんいち》君としても、〈アミュテック〉がなくなったら困るだろう？　悩むようなことではないと思うんだけどね」

「………なんていうか」

僕は一つ溜《た》め息をついてから言った。

「嫌なんですよね」

好きだから結婚を申し込むのではなく、こうした方が国として有利だから、こうしておかないと国が不利だからと、そのために個人が動く。当事者達の感情などまるで関係なく、国のため、政治のため、組織のために、結婚という制度が利用される。

「ペトラルカの気持ちが――それにガリウスさんの気持ちも、なんだか、オマケみたいっていうか、ないがしろにされてるみたいで」

「王族や貴族なんてそういうものでしょう」

光流さんは肩を竦《すく》めてそう言った。

「映画や小説でもお馴染《なじ》みのシチュエーションじゃないですか」

「それは物語だよ。現実とはまた別問題。少なくとも僕は、ペトラルカが政治の道具として使われるのは嫌だな」

「あら……？」

ぱちくりと、音が聞こえてきそうな仕草で光流さんが瞬《まばた》きする。

「この期《ご》に及んで、やっと自覚したんですか？」

「え？　何が？」

「……なんでもありません」

光流さんの質問の意図が分からなくて聞き返せば、彼は僕から顔を背けたあと、大袈裟《おおげさ》なくらい大きな溜め息を吐《つ》いた。

なんだよ。何か僕が悪いのか？

「……まあとりあえず」

まとめるように的場さんが言った。

「日本政府側としても、陛下の結婚には賛成していないんだ。繰り返すが、陛下の独断によって日本政府、及び〈アミュテック〉はこのエルダントにおいて優遇されている。慎一君に対する興味を失った場合、突然こちらに対する風向きが悪くなる可能性もある」

「でもペトラルカは――彼女に限って」

そんなふうにいきなり掌を返すような真似はしない――と思う。

たとえルーベルト王子が僕のことを疎《うと》ましく思ったとしても、だからっていきなり〈アミュテック〉を取り潰す、なんて無茶をしてくるとは思えない。

だけどそんな僕の内心を読み取ったかのように、呆《あき》れ顔で光流《ヒカル》さんが首を振る。

「彼氏ができたとたんに、それまでの友達と疎遠になっちゃう女っているじゃないですか。今はそんな子じゃないと思っていても、結局、そうなってみないと分からないものですよ」

「……そういうものなの？」

「ええ」

何やら自信たっぷりといった様子で頷《うなず》く光流さん。

これだけはっきり言い切っちゃうってことは――彼自身がそんな体験をしたことがあるんだろうか。考えてみれば彼がエルダントに来る前にどんな生活をしていたのか、僕はよく知らない。女装していても別に男が好きってわけでもないみたいだし、親しい女友達――いや彼女がいたのかもしれない。

彼女はおろか、女友達なんて幼馴染《おさななじ》みくらいしかいなかった僕には、細かいことはよく分からないけれども。

「だから、慎一《しんいち》さん」

不意に光流さんが、身体ごと僕に向き直った。

「ここはあれですよ」

「え？　どれ？」

「ちゃんとお友達でいるためにも、陛下の気持ちを繋《つな》いでおかないと」

「あ……いやだから」

「ていうか、お友達じゃダメです。彼氏彼女くらいになっておかないと」

「やっぱりそうなるの⁉」

僕は悲鳴じみた声を上げる。

「む、無理だよ！　無理無理無理！」

「何故ですか。陛下のこと、嫌いってわけではないでしょう？　むしろ……」

「でもペトラルカがどう思ってるかは分からないし……！」

『……陛下は……シンイチ様のことを……その……あ、愛して、おられて……』

ミュセルの言葉がよけいなリアルさで脳裏に蘇《よみがえ》る。

そりゃ、僕も男だよ、あんな可愛い子に好かれているとなったら、そりゃあものすごく嬉《うれ》しいよ！　これが政治絡みとかじゃなくて、普通に告白とかされたんなら、もう大喜びで付き合っちゃうよ！

…………

たとえばこう……夕陽《ゆうひ》を浴びて長い影を落とす大きな木の下で。

周りには他に誰もいなくて。微《かす》かな風の音以外、ありとあらゆる喧噪《けんそう》が遠くて。

『――シンイチ』

ちょっと俯《うつむ》き加減に彼女が声を掛けてきて。

セーラー服の胸元できゅっと――何か大事なものがそこにあるかのように、きゅっと白い両手を握りしめて。それからゆっくりと深呼吸。

『よく聞け。一度しか言わんからな』

『え、何、どうしたの、ペトラルカ、改まって――』

『前から言おう言おうと思っておったのじゃ』

『何を？』

『じゃがどうにも勇気が出なんだ。汝《なんじ》がそれとなく察してくれるのを待ってもみたが、どうにもこの朴念仁《ぼくねんじん》は気付いてくれん。そういう間にもう卒業じゃ』

『だからなんの話だよ？』

『シンイチ――』

決意の表情を浮かべて彼女は僕の方を見る。

大粒の宝石みたいなその瞳が、どこか潤んだかのように揺れて――

『好き。大好き』

『えっ……』

驚く僕の胸元に飛び込んでくる彼女。

僕はただただ彼女の小さな身体を受け止めるしかなくて——

…………

…………

「——慎一《しんいち》さん」

「あ、はい」

光流《ヒカル》さんの声で僕は我に返った。

「なんとなく中身は想像つきますけど、とりあえず妄想の領域から戻ってきてください」

「はい、すみません」

これじゃ美埜里《みのり》さんを笑えない。

「とにかく、行動あるのみですよ」

光流さんは拳を握りしめて——彼にしては珍しい仕草だ——言った。

まあそれだけ彼も今の境遇が、神聖エルダント帝国や、〈アミュテック〉のことが気に入っているのだろう。僕なんかに頼らずとも自分がどうにかできるなら、したい、打てる手はなんでも残さず打っておきたい……といった様子だった。

でも——

「僕は幼馴染《おさななじ》みに告って、その場で却下された男だよ？」

　眉尻を下げて僕は呻《うめ》くように言った。

「どうしようもないくらいにオタクだし。どうすればいいのか分からないよ。どうやったら女の子に好きになってもらえるのか、見当もつかないよ！」

「…………」

「…………」

　何故か顔を見合わせる光流さんと的場《まとば》さん。

　それから僕の方に向き直った光流さんは――唇の端をぴくぴくと痙攣《けいれん》させていた。

　あれ？　ひょっとして怒ってる？

「……私今、ものすごく貴方《あなた》を殴りたいです」

「同感だよ」

「えっ⁉　なんで⁉」

　しかも的場さんまで⁉

「だから朴念仁《ぼくねんじん》にも…………ああもういいです」

　光流さんはまるで嫌味のように長々と溜《た》め息をついた。

　的場さんも心底呆《あき》れた、という表情でこっちを見ている。これも珍しいことだ。

「と、というか、こういうのって的場さんの方が得意じゃないですか⁉」

「ん……？」

「結局、根本的には政治的な問題でしょう？　僕が引っ掻《か》き回しちゃうより、的場《まとば》さんや日本政府が何か手を回した方がいいんじゃないかなって……」

ペトラルカとルーベルト王子の結婚を阻止するだけなら、他にも方法があるんじゃないだろうか。それこそ的場さんや日本政府に任せちゃうと、何か——僕には考えもつかないような、どす黒いことをするんじゃないか、なんて不安も頭の中を過《よぎ》ったけれど。

「そうしたいのは山々なんだけれど、そうも言ってられなくてねえ」

的場さんはそう言って肩を竦《すく》めた。

「リザードマン——彼らの尻尾を、栄養ドリンクとして使ったって話があっただろう？」

「え？　あ、はい」

唐突な話題転換に目を白黒させながらも僕は頷《うなず》く。

的場さんの言っているのは、前にミュセルが、夜中まで仕事をしていた僕を労《ねぎら》って作ってくれた飲み物の話だ。黒焼きにしたリザードマンの尻尾を、刻んで、炭酸入りの甘めな飲み物に混ぜたものだ。飲み物自体は甘いのに、妙な苦さがあって……不味《まず》くはないんだけど微妙に違和感のある代物《しろもの》だった。

「日本政府がその話に興味を持ってね、少し持って帰って調べたんだ」

どうも、ミュセルに余りの材料で同じものを作ってもらったらしい。

「そしたら、筋肉の疲労物質を消滅させる効能があると分かってね」

「へ？　そうなんですか？」

目を丸くする僕と光流《ヒカル》さんに、的場さんは頷いた。

単なる精力剤じゃなかったのか。

ああ、でもミュセルも、リザードマンの尻尾の黒焼きは、疲れをとる役目があるとかなんとか、言ってたっけ。それが単なるプラシーボ効果の類いじゃなくて、科学的にも効果があると証明されたってことらしい。

「動物実験での効果に、日本側も色めき立っていてね」

「疲労回復剤で？」

「疲労物質をなめてはいけないよ、慎一《しんいち》君」

常に疲れきっているかのような雰囲気の的場さんが言うと何やら重みがある。

「長期的には回春や老化防止《アンチエイジング》としての効果も望めるということで、まあ、その、お年寄りのセンセイ方は喉から手が出るほどにほしいらしくてね」

「あー……」

ここで言う『センセイ』というのは教職者のことじゃなくて代議士とか——まあ政治家のお偉いさん方のことか。

「化学合成できれば、医療の現場をひっくり返す可能性すらあるんだとか。そうなれば政治や経済にも影響が出てくる」

「リザードマンの尻尾が……」

意外なところから意外な話が出てきたものである。

「私が今日来たのは、先の話を君に伝えるためであるわけだけど——実は、私はすぐに日本へ戻らなくちゃいけない。改めて確保したサンプルを持ってね」

「ブルーク達を拉致して連れていくとかじゃないでしょうね」

「安心してくれ。きちんと城下町のリザードマンと取引して、正当な手段で手に入れたサンプルだよ」

苦笑して手を『OK』の形にして示す的場《まとば》さん。要するに尻尾の端っこを譲ってもらう代わりにいくらか支払ったらしい。まあ、ブルークに聞いたところによると、栄養ドリンク一杯分に使う尻尾は、本当に小指の先よりも小さなもので、一週間もあれば再生する程度のものらしいから——むしろリザードマン達にはいい小遣い稼ぎになったのかもしれない。

「というわけで、よろしく頼むよ、慎一《しんいち》君」

「でも——」

「ご安心ください」

と答えたのは僕ではなくて光流《ヒカル》さんだった。

え……なんで光流さんがやる気になってんの？

「慎一さんも安心してください。私がシナリオを書いてあげます」

「はい？　シナリオ？」

「それに従って陛下を口説いてください。大丈夫ですよ、すでに必要フラグの大半は立っている状態ですから、よほどの下手を打たない限り、失敗はあり得ません」

「は……はぁ」

ここまで自信たっぷりに言う光流さんを前にして、僕は曖昧に頷《うなず》く。

まあ確かに……このまま何もしないでいるのは、まずいのだろう。

ペトラルカが結婚してしまって、もし、ロイクとロミルダの両親ズや、的場さんや日本政府の危惧している通りのことになったら――たぶん、僕は〈アミュテック〉の活動を続けられなくなるし、そうなったら、この屋敷に住んでもいられなくなるかもしれない。

そしてそうなれば、ミュセルやエルビア、ブルークやシェリスともお別れしなくてはならなくなるだろう。それどころかミュセル達は職を失って路頭に迷うことすらあり得るし、エルビアに至ってはまたバハイラムの密偵《スパイ》だったという『前歴』問題を蒸し返されて、処刑されてしまうかも。

さすがにそれは避けたい。いや、断固避けるべきだ。

もちろん、気乗りはしない――しないけれど、僕としては、他に手を思いつかない以上、皆の提案に従うしかないようだった。


神聖エルダント帝城。

国家と同じ名を冠されていることからも分かるように、この城は神聖エルダント帝国における中心でありその権威の象徴でもある。山を直接くりぬいて基礎を造ったとされるその偉容は、建築物というよりも一つの地形に近い。

広い帝都のどこからでも、少し視線を上げれば、この城は見ることができる。

この巨大建築物を造り上げたという数代前の神聖エルダント帝国の権勢や、それに多大な尽力をしたとされるドワーフ達の技術には、目にするたび、ただただ圧倒されるしかないが……その一方で、巨大すぎるがゆえに管理が行き届かない部分というのも出てくる。

壮麗なその外観と裏腹に、城の内部は比較的閑散としており、入って数分間、歩き回っていても人の姿を見かけない――ということも珍しくない。権威を示すための巨大さであり、まず規模ありきの設計だったのだろう。構造にも必然性のない『遊び』とも言うべき部分が多々あるため、部外者が迂闊《うかつ》に歩き回ると迷いかねない。

だが、だからこそ……この城にはあちらこちらに、人の目の届かない場所が存在する。

「――ガリウス」

今その、閑散たる城内を歩いていた銀髪の美青年――ガリウス・エン・コルドバル卿《きょう》を呼び止める声があった。

「…………」

ガリウスはゆっくりとその歩みを止めた。

躊躇《ためら》うかのように、一拍の間を置いてから、ガリウスは己の名を呼んだその声の主《ぬし》を振り返る。

その動作に、長い髪が靡《なび》いて揺れた。

秀麗なその顔に、訝《いぶか》しむ表情はない。自分を呼び止めたのが誰なのか、声からすでに理解しているからだろう。動揺の揺らぎもない。懊悩《おうのう》による歪《ゆが》みもない。ガリウスの表情は、いつも彼が浮かべているものと同じ、凜《りん》としたそれだった。

「何か？」

誰かとすら問わない。

至極冷静に佇《たたず》む彼の元へと歩み寄るのは——煌《きら》びやかな衣装に身を包んだ、金髪の青年だった。

ルーベルト・ウォールイン王子。

ツェルベリク王国の大使は、育ちの良さが表れた、気品ある立ち振る舞いでガリウス卿に近付くと、その目の前で足を止める。

「………………」

二人の青年の間に、身長差はさほどない。だがルーベルト王子の方が若干、身の丈があるため、これだけ近ければ、ガリウスは彼を見上げる形で、視線を上げざるを得ない。

「久しぶりだな。留学以来か？」

「……そうですね、きちんと顔を合わせるのは、あれ以来かと」

ルーベルト王子は、微笑を浮かべて、ガリウス卿を見つめていた。

その微笑みは穏やかだが、それ以上に、深い海を思わせる青の瞳が甘く、優しい。彼の性格なのか、それとも――相手が、ガリウス・エン・コルドバルだからなのか。

対するガリウスの表情はやはり静謐《せいひつ》だ。

みじんも、揺らぐ気配が見えない。

それをどう受け止めたか――ルーベルト王子の笑みが、わずかながらも苦みを含んだものに変わった。

「久々の再会だというのに冷たいな」

「…………」

その一言で初めてガリウスの表情が動いた。

凜《りん》とした表情――仮面の如きそれが崩れた下から現れたのは、不意を突かれて驚いたようなそれだった。ある意味で幼いとさえ言えるような、素直な感情の発露だ。

しかしすぐにガリウスは表情を引き締めた。

ルーベルト王子の一言など、聞こえなかったとでも言うかのように――

「同盟国の大使相手では、これが普通だと思いますが」

やはり冷静な口調だ。

だがガリウス・エン・コルドバルという人物をある程度知っている人間ならば、それが取り繕われたものであることはすぐに気が付いただろう。

ルーベルト王子は改めて優しく笑った。

「そうか」

男にしては綺麗《きれい》な――労働など知らぬとでも主張するかのような白く細い指が、ガリウスに向かって伸ばされる。

「…………」

近付いてきた手にガリウスの身体が、一瞬硬直したように見えた。

彼の頬《ほお》に向けてまっすぐに伸ばされたその指先は、しかし肌に接することはなく、代わりに、その頬に沿うかのように流れ落ちる銀髪へと触れる。

「…………」

ガリウスは、無言のまま微動だにしない。

ルーベルト王子の指は、銀の髪の感触を愉《たの》しむかのように、するすると滑っていく。やがてその指が髪の間から抜ける直前――ルーベルト王子は不意に手の動きを変えると、一房、ガリウスの髪を持ち上げた。

顔を近づけて……軽く口付けを一度。

髪への口付けには、『思慕』の意味がある、などと私達の世界では言われているが――さてこのエルダント帝国でも、いや、この異世界でも、同じなのだろうか。

いずれにせよルーベルト王子のこの『口付け』にガリウスは驚いたようだった。

「――――！」

咄嗟《とっさ》に――だろう。ルーベルト王子の手を振り払うと彼はよろめくような足取りで二歩ばかり後退《あとずさ》った。

明らかな拒絶。だがそんなガリウスの様子を、むしろルーベルト王子は楽しそうに目を細めて見つめている。余裕のある態度だった。それがお前の本心ではないと分かっているのだ——とでも言うかのように。

「他人行儀は寂しいね。だがその方がずっと君らしい」

唇に浮かぶ笑みを隠そうとするかのように、口元に右手を添えて、ルーベルト王子は言う。

ガリウスは——

「うるさい……いまさら」

まるで睨《にら》むような目付きでルーベルト王子を見据えている。

だが口調には隠しきれない動揺が滲《にじ》んでいた。

どこか頑《かたく》なな表情と相まって、どうしていいのか分からない、そんな困惑を隠そうと気丈に振る舞っている——そんな印象を受ける。

おそらくはルーベルト王子も同じように感じ取っているのだろう。

彼は慈しむような瞳と声で言った。

「いまさら……？」

「あのとき……私のことを、引き止めようともしなかったくせに」

責めるというよりも、昔日《せきじつ》を思い返して漏らす独り言のような、ガリウスの言葉。

ルーベルト王子は一瞬、目を丸くしてガリウスを見つめる。エルダント帝国の軍事権を一手に握って采配を振るう若き騎士は——しかし今、俯《うつむ》き、棄てられて雨に打たれながら震える子犬のようにも見えた。

そのせいか……

「あれは仕方なかったことだ」

対するルーベルト王子の眼差《まなざ》しはひどく優しい。

「私の立場では君を引き止めることなどできなかった。分かっているだろう？」

「…………」

ガリウスは——無言。

あのとき、とはガリウスがツェルベリク王国への留学を終えて彼《か》の地を去るときのことだろうか。それはつまりルーベルト王子と別れたとき——離ればなれになったときをも意味する。

継承権第一位でこそないものの、どちらも共に王や皇帝の直系血族。国家を代表し背負う者だ。いかに互いを想っていたとしても、それだけではどうしようもない隔たりというものが、厳然として、ある。

それをルーベルト王子はもちろん、ガリウスも理解しているはずだ。

けれど——

「でも……」

ルーベルト王子は囁《ささや》くように言った。

「これからはずっと一緒だ。そのために、私は来た」

「……！」

ガリウスが目を瞬《しばた》かせながら顔を上げる。

しかし――ルーベルト王子はそれ以上語る言葉はないと言うかのように、すでに歩き出していた。呆然《ぼうぜん》としているガリウスのすぐ脇を通り過ぎながら、軽く肩を叩《たた》き、そのまま歩み去って行く。

昼なお暗さの残る帝城の廊下を……鮮やかな金髪が、微《かす》かな陽《ひ》の光に煌《きら》めきながら、遠ざかっていく。時が止まっているかのように冷えた空気の中で、彼の後ろ姿だけが、生気を帯びて見えた。

「………」

頑《かたく》なに前を向いたまま、振り向こうとしないガリウス。

やがて彼もまた――歩き出す。長い銀の髪を揺らしながら。

そして……

「………」

誰もいなくなった。

少なくとも一瞬――そう見えた。

だが違う。ガリウスの姿が廊下の角を曲がって見えなくなった次の瞬間、廊下のあちこちにある暗がりの一つから、ゆるりと姿を現した人物がいた。

女性――だ。

長い黒髪を後ろでまとめた若い娘。

ルーベルト王子と共にエルダント帝国にやってきた、従者の一人である。おそらくはルーベルト王子の護衛役――個人的な話をする二人に遠慮をして、黙っていたのだろう。

だがルーベルト王子の従者は彼女一人ではない。

では何故彼女だけがこの場にいたのか？　それもガリウスに気取《けど》られないように、廊下の端に凝《こご》る闇に溶け込んでまで――己の存在を消して。

それはたぶん……

「………………」

女性はしばらくガリウスの去った方向を見つめていたけれど、やがて、早い足取りで主《あるじ》たるルーベルト王子の去った方へと歩き出した。

嗚呼《ああ》。やはりそうだ。きっとそうだ。

彼女もまた、そうなのだ。

言うなれば同好の士。

私の――仲間。

「ふふ、ふふふ……ふへへへ」

エルダント城に仕掛けられた超小型カメラの映像を、手元のスマートフォンで確認しながら、私、古賀沼美埜里《こがぬまみのり》は溢《あふ》れ出る喜びに身を震わせていたのだった。

第三章　ハニーな大作戦

僕達はいつも通り――〈アミュテック〉の活動報告のためにエルダント城を訪れた。

顔ぶれもいつも通り。僕と美埜里《みのり》さんと光流《ヒカル》さんの三人だ。

本当に普段から何度も繰り返してきたことなのだけれど、僕としてはいろいろと気が重い。言うまでもなく〈アミュテック〉を守るため、亜人種達のエルダントでの立場を守るため、という大義名分でペトラルカを口説かなくてはいけないからだ。

「…………」

何度目か分からない溜《た》め息が漏れる。

そんな僕の横を歩きながら――光流さんが肘で僕の脇腹を小突いてきた。

「もっと堂々として」

「……いやでも……ね？」

「皇帝陛下が他の男の人にとられちゃってもいいんですか？」

「…………」

なんかこう――周囲の逃げ道を塞がれたうえ、じわりじわりと罠《わな》に追い詰められているような気がするのは、気のせいだろうか。

僕はもう一度溜《た》め息をついて――

「……あれ？」

ふと気付いた。

朝の活動報告では、基本的に小さい方の謁見の間に案内される。今日もそちらでペトラルカ達と会うのだと思っていたのだけれど――騎士達が向かっているのは、ルーベルト王子を迎えたときと同じ、大きい方の謁見の間だった。

「今日はこっち、ですか？」

「はい。陛下から、皆様が来たときはこちらにお通しするようにと」

僕と同様そのことに気付いた光流《ヒカル》さんが尋ねると――騎士はそう答えた。

彼らは続けて大声を張り上げ、扉越しに僕達が来たことを告げた。待つほどのこともなく、重々しい軋《きし》みをたてながら扉が左右に開いて――僕達を迎え入れる。

「…………」

なんとなく緊張しながら、僕は謁見の間に足を踏み入れた。

中に広がっている光景は――先日とほぼ同じである。赤い絨毯《じゅうたん》の左右に騎士達がずらりと並び、その向こうには帝国の重臣達がいる。そしてさらに奥には一段高くなった場所に玉座があって、そこに座るペトラルカを、騎士ガリウスとザハール宰相が挟んで立っていた。

そして――

「……あ」

ペトラルカ達の前に立っているのは、例のルーベルト王子と、その従者達だった。

「よう参った、シンイチ」

ペトラルカが、そう声を掛けてくる。

重臣達や騎士達はもちろん、ルーベルト王子とその従者からも集中する視線を感じながら僕達は彼女の前へと向かった。

「………………」

途中、重臣達の中にロイクとロミルダの親御さん――エリックさんとライデルさんの姿を見つけて、僕はますます気が重くなった。言うまでもなく彼らは『頼みます』と言わんばかりに期待の表情を浮かべて僕の方を見ている。

僕はペトラルカ達の前――ルーベルト王子達の側《そば》で足を止めた。

「え、えっと、今日はこっちなんだ？」

とりあえずペトラルカにそう尋ねる。

いつもならなんでもない会話なんだけれど――声が上擦《うわず》ってしまうのを避けられない。

それを責めてか、光流さんが僕の服の袖をそっと引っ張ってきた。

「……あ」

見れば美埜里《みのり》さんはすでに片膝をついて頭《こうべ》を垂れているし、光流さんも中腰だ。慌てて僕は美埜里《みのり》さんに倣《なら》って片膝をつきながら——理解した。

そう。今日は普段の、ペトラルカと僕達だけの謁見ではないのだ。重臣達やルーベルト王子のいる前で、プライベート感丸出しの会話なんてしていいわけがない。通常は臣下の礼を尽くして皇帝陛下の御前《ごぜん》に出るべきで——ってひょっとして、ルーベルト王子がこっちにいる間はずっとこんな感じ⁉　こんな状況でペトラルカ口説くの⁉　難易度高すぎない⁉

僕が密かに戦慄していると——

「固く構えずともよい。ルーベルトも、シンイチ達がどのような活動をしておるか気になると言うから、この場に呼んだだけじゃ。普段通りにせい」

ペトラルカが笑いながらそう言ってくれた。

僕は安堵《あんど》の溜《た》め息をついて顔を上げ——立ち上がる。

「お噂《うわさ》はかねがね」

傍らからルーベルト王子がそう声を掛けてきて——微笑む。

「豊かな文化を誇る国だとか。よろしければ私にも貴国の話を聞かせていただきたい」

相変わらずの王子スマイル、爽やかさと高貴さがやたらに高い次元で融合したその完璧リア充笑顔に、僕はひたすら圧倒されていた。

無理、無理無理無理、こんなのと競うとか、ボ●ルでパーフェクト・ジオ●グと戦うようなもんだよ！　同じカテゴリの生き物じゃないって絶対！

「あ……えっと……」

思わず挙動不審になる僕。情けない。

ルーベルト王子が不思議そうに首を傾《かし》げて僕を見つめていると——

「シンイチはこのような場に慣れておらぬのじゃ」

ペトラルカがそう助け船を出してくれた。

「たまにトチ狂って無礼なこともほざいたりするが、気にせぬことじゃ」

——と思ったらその助け船からまた突き落とされたり。

「それは私も同じです」

鷹揚《おうよう》な笑顔でルーベルト王子はそう言ってくれた。

「このような改まった場では、いつも緊張してしまう」

「何を申すか」

「いえ、本当です。特に——」

ルーベルト王子はペトラルカの方に向き直って言った。

「陛下の前では、その美しさに言葉を失《な》くしてしまう」

うわぉ。戯曲か！　戯曲ですか！　リアルでこんな歯の浮くような台詞《せりふ》口にする人、初めて見た!!　ルーベルト王子、恐ろしい子……！

「ルーベルト王子は、本当に口が上手い」

そう言うペトラルカは、しかしまんざらでもない笑顔だ。

ああ。やっぱり多少白々《しらじら》しくても、そう言ってもらえると嬉《うれ》しいもんなのね、女の子って。

「いえ、事実ですから」

ルーベルト王子は、やはり平然とそんな台詞《せりふ》を吐く。

ただし……なんと言うか、あんまり口説いている、という雰囲気じゃない。ペトラルカもルーベルト王子も挨拶代わりの応酬をしているという感じだ。おそらくは今までに何度もこんな会話を交わしてきたのだろう。

でもそれはつまり……ルーベルト王子は僕の知らないペトラルカを知っているということだ。

いまひとつ、ペトラルカとルーベルト王子の結婚っていうのが、想像つかなかったのだけれど——こうやって仲良く喋《しゃべ》っている二人を見ていると、とたんにそれが現実味を帯びてくるというか、エリックさんやライデルさんが不安に思うのも当然のことだろう。政治的な問題が絡むとはいえ、ペトラルカが『ルーベルト王子の申し出を受ける』と公式に宣言してしまえば、これをひっくり返すのは難しくなるだろうし。

そんなことを考えていると——

「……あー、シンイチ」

不意に、ペトラルカが小さく咳払《せきばら》いをして僕に声を掛けてきた。

彼女の表情は、何か言いたげというか、何かを期待しているかのようにも見えるけれど

――具体的にそれが何なのかは分からない。

「な、何？」

「何か言いたいことはないか？」

言いたいこと？

この場でわざわざ？

……………いったい、僕に何を期待しているのか。

「いや、べ、別に……」

むしろ迂闊《うかつ》なことを口走ると、立場が悪くなるだけのような気がする。

だから僕は無難にそう答えたのだけれど――とたん、ペトラルカの表情は目に見えて不機嫌なものに変わってしまった。

「え、な、何？」

「別になんでもないわ」

ぷいっとそっぽを向くペトラルカ。ああ、そういう仕草と表情も可愛い――いやそんな部分に萌《も》え萌《も》えしている場合ではなくて。

わけが分からなくて僕が戸惑っていると――

「…………うぬお」

横腹を小突かれて変な声が出た。

見れば、光流《ヒカル》さんが目は前に向けたまま、肘を僕の方に向けて曲げている。

「紙。渡したでしょう?」

やっぱり前を向いたまま小声でそう言ってくる光流《ヒカル》さん。

一瞬、なんの話か分からなかった僕だけど――

「あっ……」

すぐに思い出して僕は、美埜里《みのり》さんや光流さんの並びから、一歩前に踏み出した。

踏み出してはみたものの、しかしやっぱり『アレ』をするのには抵抗がある。僕が『やっぱりやるの?』という意味を込めて光流さんを振り返ると――彼は『とっとと言われた通りにやりなさいこのキモオタッ!』的な視線で僕を睨《にら》んできた。怖い。

「あー、えー………マイクテス、もとい」

背中に突き刺さる光流さんやエリックさん、ライデルさんの視線を意識しながら僕は深呼吸をひとつして、言葉を続けた。

「ペトラルカ・アン・エルダント三世皇帝陛下」

ちょっと意識して声音《こわね》も変えてみる。背筋はまっすぐ。堂々と。

「……うん?」

改まった言い方と、普段とは意識的に変えられた声音に、ペトラルカが再び僕の方に視線を向けてくる。その表情は明らかに普段と違う僕の様子を訝《いぶか》しんでいた。

やっぱり駄目なんじゃ?

そんなふうに思ったものの、物理的圧力さえ伴いそうな光流さんの視線が背中に突き刺さったままである。ここで逃げたら半殺しにされそうだった。

「本日もご機嫌麗しゅう」

「…………は？」

ぱちくりと目を瞬《しばたた》かせるペトラルカ。

あ。可愛い。

「陛下に拝謁の栄誉を賜りますたびに、そのお美しさに胸が高鳴る想いです。流れるような銀の髪と、宝石を想わせる――……えっと」

なんだっけ。

僕は急いで、ズボンのポケットに手を入れて折り畳まれていた紙片を一枚取り出す。

そこに書かれているのは光流さん直筆の『脚本』である。正確にはペトラルカを口説くためのアンチョコだ。中身は昨晩、光流さんの前で百回以上暗誦《あんしょう》させられたので、ちゃんと覚えたと思ったのだけど――持ってきて良かった。

手のひらで隠すようにして、焦りながらそれを読み返す僕。

「翡翠《ひすい》、そう、翡翠を思わせる瞳。今日も一段と美しくあらせられられ……っ」

舌噛《か》んだ。痛い。

しかもなんだか背中に突き刺さる光流さんの視線がますます痛い。そんな気がする。たぶん、なんで忘れてるんだ、なんでそこで噛むんだって、怒ってるんだろうけど――仕方ないじゃないか、こんなの初めてなんだから！

「………」

額に汗を浮かべて続きを口にしようとする僕を——ペトラルカはしばし、真顔で見つめていたけれど。

「……シンイチ」

「はひ」

「キモい」

「ひどっ⁉」

思わず僕は叫んでいた。

ちゃんと練習したのに‼　そりゃあルーベルト王子みたいに格好良くは言えないけどさ！　光流《ヒカル》さんの脚本もちょっと凝りすぎっていうかクドすぎる感もあるけどさ！　でもキモいの一言で一蹴するのはひどくない⁉

「熱でもあるのか？」

「だからひどいって！　僕は至って普通です！」

むしろ憐《あわ》れむようなその視線が辛《つら》い！　そんな目で僕を見ないで！

くじけそうになる気持ちをなんとか奮い立たせて——なんだか背後でゴゴゴとか音のしそうなオーラを放ってる光流さんが怖いし——僕は必死に続きを思い出して口にする。

「と——とにかくですね、まるで大輪の花の如き、皇帝陛下の御尊顔の……ええと」

「む。まさか——」

何か気付いた様子でペトラルカは身を乗り出した。

「貴様……シンイチの偽者か！」

「はい？」

「正体を現せ！」

「なんでそうなるの⁉」

「シンイチがそんなことを言うはずがない！」

自信たっぷりに断言された⁉

「僕ってどんだけひどい奴なの⁉」

「初対面の妾《わらわ》に『幼女キター！』と叫ぶような奴じゃぞ⁉」

「だからそれはごめんって！」

「さては、複製人間か？　前世●人か？　それとも怪盗の変装か⁉　本物のシンイチをどこにやった⁉」

「僕はここです皇帝陛下！」

………などと。

それからしばらくは、諦めずに、光流さん渾身《こんしん》の『皇帝陛下ルート攻略用脚本』に可能な限り沿って、ペトラルカを褒め称えようとした僕なのだけれど。

その悉《ことごと》くを、彼女は『キモい』の一言で却下してしまったのだった。

報告が終わって——謁見の間を出る。

エルダント城の長い廊下を、全員無言でしばらく歩いてから、僕はふと立ち止まると、光流《ヒカル》さんの方を振り向いた。

でもって——

「駄目じゃんかあああ⁉」

「おかしいですね。こんなはずでは……」

涙目で訴える僕に光流さんは首を傾《かし》げた。

僕は光流さんの『脚本』に従って慣れない褒め言葉を——歯が浮きそうなのを必死に堪《こら》えて並べた。並べまくった。一度『キモい』とペトラルカに否定された後、最後の方はもう完全にやけっぱちで。

それこそ『小鳥のさえずりのように可愛らしい声』だの、『雪のように白い肌』だの、挙げ句の果てには一拍の間を置いてから『ご、ごめん。ペトラルカの美しさに言葉が見つからなかったよ』とか………とか！

ああああああ！　今思い出しても鳥肌が立つ！

そりゃ美形でもなんでもない相手にいきなりこんなこと言われたら、キモいわ！

「で、でも、慎一《しんいち》さんの言い方もおかしいんですよ」

僕の勢いに多少怯《ひる》みつつも、光流《ヒカル》さんはそう言い訳した。

「声は上擦《うわず》ってましたし、すぐに噛《か》んで――」

「仕方ないだろ、あんな恥ずかしい台詞《せりふ》！」

「私は普通に言えますけど」

「キャラを考えてくれよキャラを！　だったら光流さん、今ここで言ってみ？　『いやーん、ヒカルん、ちょっと間違えちゃった、めんごめんご♪』って！」

「くっ……⁉　そ、そんな羞恥プレイを要求するなんて。慎一さんはやっぱり変――」

「先にやれって言ったのそっちだろ⁉」

涙声で叫ぶ僕。

だから嫌だって言ったのに――

「……というより」

肩を竦《すく》めて美埜里《みのり》さんが言う。

「陛下じゃなくても不審だと思うわよ、あれ。確かに慎一君のキャラじゃないもの」

「ですよねえ！」

あああああ、もう、穴があったら、全力でルパ●ダイブしたい！

改めて黒々と心に刻まれた黒歴史に身もだえする僕。

そこで――謁見そのものが終わったのか、廊下を帝国の重臣であるエリックさんとライデルさんが揃《そろ》ってこっちに近付いてくるのが見えた。

「シンイチ殿！」

「なんですかあれは！」

エリックさんとライデルさんは大股で僕のところに歩み寄ってくると、怒る、というより悲鳴を上げるような声でそう言った。

「困りますよあれでは！」

「我々はシンイチ殿に頼る他ないのですよ？」

「是が非でも陛下を説得していただきたく……」

口々にそう言って僕を責めるエリックさんとライデルさん。

「わ、分かってます、分かってますから……」

二人の勢いに、僕としてはそう言うしかない。

しかしやっぱりこれってどう見ても無理と言うか無茶と言うか、人選が間違っているとしか思えない。確かに僕はペトラルカに気に入ってもらっているのかもしれないのだけれど、だからっていきなり普段と違う態度で口説きにかかれば、不審がられて当然だ。

じゃあ誰が適任なの？　と問われても、僕には誰の名前も挙げられないのだけれど。

本当――どうしたものか。

なおも、文句を言いながら詰め寄ってくるエリックさんとライデルさんを前に、僕が途方に暮れていると――

「——シンイチ様」

何やら騎士が一人やってきて、僕に声を掛けてきた。

「陛下がお呼びです」

「……え？」

予想外の呼び出しに僕は——きょとんと目を瞬《しばたた》かせた。

騎士に案内された先は——中庭に面したテラスだった。

ここは何度か来たことがある。ペトラルカが執務の間に、休憩がてらここで小規模なお茶会を開くことがあるからだ。そして今もテラスに用意されているのは、お茶会道具一式であった。

猫足の丸テーブルの上には、白い茶器と、三段のティースタンド。その上にはさまざまなお茶菓子が載せられている。まるで英国風アフタヌーンティーといった趣《おもむき》で、高級感漂うというか、ハイソな雰囲気が半端ない。

いつもは気にならないその空気が——今はなんだかひどく辛《つら》い。自分はこの場にいてはいけないんじゃないか、罪なくらいに場違いなのではないか、そんなふうにさえ思えてくるのだ。

理由はその参加者の顔ぶれにあった。

すなわち——テラス中央の丸テーブルの椅子に腰掛けているのは、ペトラルカ、ガリウス、ルーベルト王子だ。その周りには、エルダント城の騎士とメイド、ルーベルト王子の従者らしき人が一人——長い髪を後ろで一つにまとめた女性が立っている。

これがまた全員、お茶会の風景に違和感なく馴染《なじ》む美男美女なもんだから、僕のような庶民の小倅《こせがれ》は、その場に混じり辛いのなんの。

だけど——

「来たかシンイチ」

そう声を掛けてくるペトラルカは笑顔で、僕の抱える緊張感には気が付いていないようだった。まあさきほど、さんざん、キモいキモいと言われ倒した後なので……彼女が、いつもと変わらない笑顔を見せてくれるだけでも、ありがたいのだけれど。

「ん？　ミノリとヒカルはどうした？」

騎士に案内されてやってきたのが僕一人なのを見て、ペトラルカが首を傾《かし》げる。

「光流《ヒカル》さんはすぐに来る——もとい、来ます」

光流さんは、騎士に案内される直前、何か用を思い出したのか、「すぐに行きますから」と言って僕達と別れた。まあそのうち来るだろう。

そして美埜里《みのり》さんはといえば……。

「美埜里さんは……その」

僕は振り返る。

そこには、少し離れた柱の陰に隠れて、こちらを窺《うかが》うようにして立つ、美埜里《みのり》さんの姿があった。身を隠す、というよりも、単に一定の距離を置いているような——そんなふうに見える。

「……どうしたのじゃ？」

まるでどこぞのストーカーじみた様子の美埜里さんに、ペトラルカが眉を顰《ひそ》めた。

当然といえば当然の反応である。

「えっと……あまり体調がすぐれないらしくて……」

「む、そうなのか？」

「あ、でもものすごく悪いわけじゃないみたい。だから護衛役としてこの場にはいるけど、一応迷惑をかけたくないってことで、少し離れたところで待機すると……」

自分でも苦しいとしか思えない言い訳の言葉を、とりあえず並べ立てる僕。

ペトラルカはというと、それを信じてくれているのかいないのか、怪訝《けげん》そうに美埜里さんの方を眺めている。ガリウスやルーベルト王子も同様だ。

うーん……やっぱり不自然だよね。

でもこれは美埜里さん自身の強い要望でもあるし。

すなわち——

『ごめん、慎一《しんいち》君。私あの場にいられないわ』

騎士に案内される際――行き先がペトラルカとガリウス、ルーベルト王子の揃《そろ》ったお茶会だと知ると、美埜里さんは頬《ほお》を赤らめてそう言ってきた。

『だってガリウスさんとルーベルト王子と同じ空間よ⁉　想像するだけで私身体中の血が沸騰して倒れそう……！』

いや。頬を赤らめてとかいうと、なんか印象が違うな。興奮で顔真っ赤にしたうえ、ふんすふんすと息も荒い感じ――といった方が正しく美埜里さんの状態が伝わるだろう。

はっきり言ってヤバい。

『さっきは大丈夫だったじゃないですか』

『だってあのときは謁見だったし、別に隣同士じゃなかったし。だからコレで堪《こら》え切れたけど……』

『なんですそれ――針？』

『掌にね。ぷすっと刺すの』

『怖っ⁉』

眠気を堪える武士じゃあるまいし。

しかし、そこまでしないと我慢できないのか。恐るべし腐女子脳。

『でも、お茶会とかそんな、プライベート空間、無理！　笑顔で語り合うガリウス卿《きょう》とルーベルト王子とか、想像しただけで、だけで、ああああ』

……まあそういうわけで。

美埜里《みのり》さんはガリウスからもルーベルト王子からも距離を置くことになったのである。そうなると当然、同じテーブルについている僕とも距離を置くことになる。

『でも安心して。ちゃんとここで見ておくから』

そう言って柱の陰に身を潜めた美埜里さんだったが——見ているのは絶対に僕じゃない。眼鏡の下の目をギラギラさせて凝視しているのは、間違いなくペトラルカを間に挟んで椅子に座っている、ガリウスとルーベルト王子だろう。

「……まあ、良いが。シンイチ、そこに座れ」

いまひとつ納得しきれない様子だったけれど、それ以上は突っ込んでくることもなく、ペトラルカは頷《うなず》いて席の一つを僕に勧めた。ペトラルカの真正面を。

「…………」

「どうした、シンイチ？」

「いえ、なんでも」

まあ、彼女の左右の隣はガリウスとルーベルト王子が座っているわけだし、丸いテーブルなので、真正面といってもある程度の範囲を全部含むし。僕が気後れする必要はないんだろう、たぶん。

自分にそう言い聞かせて腰を下ろすと——そこに、光流《ヒカル》さんがやってきた。

「すみません、遅れまして」

足早に丸テーブルのところへやってくる光流さん。

ただ——やってきたのは、彼だけでは、なかった。

そのすぐ後ろにロイクとロミルダの姿もあったのだ。

「え？　なんで——」

僕が隣に腰を下ろす光流さんに、囁《ささや》き声で問う。

「私が一緒に来てほしいとお願いしたんです」

同じく囁き声でそう返してくる光流さん。

どうやらこの二人を連れてくるということで、彼は遅れて来たらしい。

でも、本当、なんで？

わけが分からず困惑する僕に——光流さんは意味ありげな笑みを見せて言った。

「護衛、みたいなものです」

それから彼はペトラルカ達に向き直ってこう訊《たず》ねた。

「よろしいでしょうか？　もちろん、同席というよりも、私のお供扱いです」

光流さんは騎士や、ルーベルト王子の従者らしい女性の方を見て言った。

まあペトラルカも僕もルーベルト王子も、それぞれ護衛を兼ねた『お供』を連れている
わけで——光流さんだけ駄目、というわけにもいかないだろう。

ただ……

「妾《わらわ》はよいが……」

ペトラルカが、ちらりとルーベルト王子を見た。

つられて見たルーベルト王子の顔は——

（……うわ）

僕は思わず胸中で呻《うめ》いた。

もちろん、彼の、男ですら惚《ほ》れ惚《ぼ》れするくらいの端整な顔はいつも通り——どんな表情を浮かべようと、その魅力が増えることはあっても下がることはないだろう。だけど、だからこそほんのわずかでも彼が表情を変えれば、それと分かる。

ルーベルト王子は、わずかにその表情を強張《こわば》らせていた。

怒っているのか。それとも——

「…………」

ふとその蒼《あお》い瞳が僕の方を一瞥《いちべつ》する。

とたん——彼は穏やかな笑みを取り繕ってこう言った。

「私は構いませんよ」

口調も穏やかで、そこにはなんら仄暗《ほのぐら》いものは滲《にじ》んでいない。

まるで一瞬前の、ほんの微《かす》かに見せた表情が幻であったかのように。

「……だ、そうじゃ」

「感謝します」

優雅に一礼する光流《ヒカル》さん。

ロイクとロミルダも、一瞬流れた微妙な空気はもちろん感じ取っているようで、居心地悪そうにしながらも――光流さんの後ろに立っていた。

音もなく近寄ってきたメイドさんが、僕らの席にカップを置いてそこにお茶を注いでくれる。なんとなくいたたまれないような気持ちで僕がカップから立ち上るほのかな湯気を見つめていると――

「突然、お呼びだてして申し訳ない」

カップにお茶が満たされるのを待っていたかのように――ルーベルト王子が僕と光流さんの方に目を向けてきた。

ちなみに席の順番は、ペトラルカから時計回りで、ガリウス、光流さん、僕、ルーベルト王子だ。もともと美埜里《みのり》さん用の席だったのか、僕とルーベルト王子の間には空席が一つある。

「改めて、ルーベルト・ウォールインです。〈アミュテック〉の活動にとても興味があってね。急遽《きゅうきょ》ペトラルカ陛下に呼んでいただいた。迷惑ではなかったかな？」

「い、いえ。大丈夫です」

「むしろ光栄です」

王子という立場に圧倒されて、焦りながら答える僕と――対してはきはきとした落ち着いた口調で答える光流さん。横顔は、さすがに多少緊張しているみたいだったけれど、だからといってそれで自分のペースを乱している様子はなかった。

さすがはレイヤーというか……これとはっきり決めた自分の『役』さえあれば、それを演じる集中力は半端ない。

「〈アミュテック〉の綾崎光流《あやさきヒカル》と申します」

「あ、〈アミュテック〉総支配人、加納慎一《かのうしんいち》、です」

とりあえず僕達は自己紹介をして、頭を下げた。

「君達は――」

ルーベルト王子は一瞬、何かを確認するかのように、ペトラルカ、ガリウスの方を見遣《みや》ってから続けた。

「羽車に乗っても舟に乗っても辿《たど》り着けない異郷から――我々とは異なる世界からやってきたのだと聞いている」

「あ……はい」

僕達からしてみれば、異世界、と一言で言うのは簡単だけど……SFの概念もないであろうこちらの世界では、こういう表現にならざるを得ないんだろう。実際には超空間通路を普通に行き来しているだけで、空間転移《ワープ》だのなんだのといった超技術を用いているわけでもないのだけれども。

「ふうむ。まるで天界や魔界のようだ」

「そ……そんなにすごいところじゃない、もとい、ではない、です」

「いやいや。伝え聞く限りでは、ずいぶんと進んだ文化を持ち、魔法に匹敵する、しかし魔法とは異なる業《わざ》をも多数、持っているとか」

「えっと……」

どう説明しようかと僕は悩んだ。

というより、地球や日本のことを、勝手に喋《しゃべ》っていいものなのだろうか。そもそも僕らが異世界から来たってことをツェルベリク王国側は識《し》っているようだけど、どこまで細かい話をしても問題ないのか——その辺が僕には分からない。

僕が適当な言葉を探して悩んでいると——

「——カノウシンイチ、だったか」

ルーベルト王子がその秀麗な顔に優しげな笑みを浮かべる。

それが無意識に浮かび上がったものではなく、意図してこちらに笑いかけている——というのは僕にも分かった。まるで安心してくれとでも言うかのように。

そして……

「君達に……興味があるんだ」

甘やかなイケメンボイスがそう囁《ささや》いた。

とたん——


——ごんっ。

僕らの背後で鈍い音が響く。

慌てて振り返ると、柱に頭を打ち付けている美埜里《みのり》さんの姿が見えた。

ああああ…………

「……ミノリは何をしておるのじゃ？」

「ひ、額が痒《かゆ》かった……のかな？」

訝《いぶか》しげな顔をするペトラルカに、僕は乾いた笑い声を上げる。

とうとう針だけじゃ足りなくなったか。彼女の克己心《こっきしん》は大したものだと思うけど、適当なところで彼女をこの場から遠ざけないと、彼女、自分の頭蓋骨を粉砕しかねない。

「……文化は、やはり違いますね」

美埜里さんの奇行をごまかすかのように光流《ヒカル》さんが言った。

「魔法も存在しませんし、エルフやドワーフもいません」

「エルフやドワーフが？」

「はい。半獣人やリザードマンもいません。いるのは人間。あとは動物ですね」

驚いたような顔をするルーベルト王子に、光流さんは続けた。

「ドラゴンなんかも、空想上の生き物として語られているだけで実在しません」

「ほう……」

興味深げに、ルーベルト王子は頷《うなず》いた。

「……人間のみの社会……か」

そう言って柔らかに微笑むルーベルト王子。

その姿はまだ見ぬ異国に思いを馳《は》せる貴公子、といった風情《ふぜい》で、実に優雅で絵になるのだけれども――

「それは素晴らしい」

その一言に僕は引っかかった。

一瞬の、ちくりと棘《とげ》が刺さったかのような、小さな違和感。

それは――

「今はどこで生活を？」

「はい。ペトラルカ……アン・エルダント三世皇帝陛下が、屋敷を用意してくださいました」

続いて答えるのは僕。

思わずいつもの調子でペトラルカ、と呼び捨てしそうになったけど、とりあえずフルネームを言うことでごまかした。さすがにルーベルト王子の前で皇帝陛下を呼び捨てだとまずいだろう。確かザハール宰相も『名前で呼び合うのは家族か、それに等しい関係の者、もしくは婚約者のみ』――みたいなことを言っていたし。

「今は僕と、光流さん、護衛役である後ろの美埜里さん、あとはハーフエルフのメイドと、リザードマンの庭師とメイドと、あと……」

そこで僕は思わず言葉に詰まった。

また――だ。

あの一瞬見せた、ルーベルト王子の、表情の強張《こわば》り。

先の違和感と相まって、僕は確信する。

これは嫌悪感だ。亜人種に対する。

ツェルベリクは、魔法文化の発達した、人間至上主義の国だ。人間の地位がいちばん上で、エルフやドワーフなどの亜人種は、差別の対象になっている。エルダントでも亜人種は差別されてはいるけれど、ツェルベリクのそれは、エルダントとは比べものにならないくらいに、苛烈《かれつ》であるらしい。

そういえば当初、ミュセルやブルークは、僕が彼らと同じ食卓について食事をしようとすることに、ひどく驚いていたようだった。エルダントの彼らですらそうなら——ツェルベリクの亜人種達は、どんな扱いを受けているのだろうか。

いずれにせよ、ハーフエルフやリザードマン達と同じ屋根の下で一緒に暮らすなんて、彼からしたら考えられないこと——身の毛もよだつ忌まわしいこと、なのかもしれない。

完璧なほどに演じきっているその『仮面』に、一瞬なりとも亀裂が入ってしまうほどに。

ルーベルト王子は——

「——賑《にぎ》やかそうで、いいね」

わずかな間の沈黙を置いてからそう言った。

その表情にすでに強張りはない。この王子、たぶん、美埜里《みのり》さん以上の自制力——克己《こっき》心《しん》の強さを持ち合わせているのだろう。少数とはいえ、エルフやドワーフが重臣をも務めるこの神聖エルダント帝国において、露骨に亜人種差別の『顔』を晒《さら》してしまわないだけの賢《さか》しさが、彼にはあるということだ。

よく見れば、彼の従者も、周りにいる騎士もメイドも、みんな人間だ。ルーベルト王子の従者はともかく、メイドに亜人種が一人もいないのは、ペトラルカ達がルーベルト王子のために配慮したからだろう。


『……人間のみの社会……か』

『それは素晴らしい』


さきほどの、ルーベルト王子の言葉が脳裏に蘇《よみがえ》る。

人間のみの社会。それを素晴らしいと評した彼は――つまり亜人種はこの世界に要らないと言っているようなものだ。

外交使節としてやってきている大使が、こういう反応を見せるということは――亜人種に配慮がまったく必要のないツェルベリク王国の人間が、亜人種に対してどういう態度を取っているのかは、おおむね想像がつく。

そもそも僕らの世界でだって、同じ人間でありながら、宗教や言葉の違いで戦争が起こる。国家や民族や信教で大勢の人々を括って、攻撃し排斥《はいせき》することだって珍しくない。これがもし『違う種族』であった場合は――いったいどうなることか。

ツェルベリク王国で支配的な価値観が、もしエルダント帝国にも広まれば——亜人種達は今とは比べものにならないくらいに、苛烈《かれつ》な差別に晒《さら》されるだろう。下手をすると、何かの弾みで民族浄化だの断種政策だのが——亜人種の大量殺戮《さつりく》が行われる可能性だってあるわけで。

エリックさんやライデルさんが心配し、ペトラルカとルーベルト王子の結婚に反対するのも当然だ。

「…………」

いったん話題が途切れたためか、微妙な空気の中——全員がそれぞれお茶のカップに口を付けたり、綺麗《きれい》に並べられたお茶菓子に手を伸ばしたりする。

静かに伸びる白い指先。

偶然——同じお茶菓子に向けて伸ばされた二つの手が、触れ合った。

ルーベルト王子のそれと、ガリウスのそれとが。

「……！」

瞬間——まるで火に触れたかのような、慌て気味の仕草でガリウスが手を引っ込めた。

その様子を見て、ルーベルト王子の方はというと、目を細めて苦笑めいた表情を浮かべる。いまひとつ余裕のないガリウスに比べて、ルーベルト王子の方は平然たるものだ。あるいはこうなると分かって、ガリウスと同じお菓子に手を伸ばしたのかもしれなかった。

「…………」

「…………」

ガリウスとルーベルト王子の間に独特の空気が横たわる。

緊張感を含みながらも、敵意や憎悪の仄暗《ほのぐら》さを感じない――これは。なんだか二人の背後に舞い散る薔薇《ばら》の花びらが見えたような気がしたけど、たぶん、気のせい。きっと気のせい。気のせいじゃないと怖い。

思わず、僕は二人の間に挟まれているペトラルカに同情してしまった。

もし僕が彼女の位置に座っていたら、押し寄せるアレな空気に耐えきれず、身悶《みもだ》えしていたことだろう。今のところ、彼女はそれに気付いていないのか、平気な顔をしているけれど。


――がん。がん。がん。がん。


背後で今度は四連続で響く打音に思わず振り返ると――四つん這《ば》いになった美埜里《みのり》さんが、拳で床を殴り続けていた。

ああ。このアレな空気の中、止めどなく噴き上げるＢＬの炎を持て余し、どうしていいか分からないんですね。とりあえず頭突きしていない分、命に関わるようなことにはならないだろうけど――むしろテラスの床の方が、僕は心配だった。

というかさすがにペトラルカやガリウス、ルーベルト王子が、美埜里さんの奇行を目にして呆気《あっけ》にとられている。

これはいろいろまずい。たぶん。

「……どうしよう、光流《ヒカル》さん」

僕は光流さんに囁《ささや》く。

すると光流さんは――

「任せてください」

と首を縦に振って、パチンと指を鳴らす。

すると後ろに控えていたロイクとロミルダが――まるで待ち構えていたかのように、さっと動いて美埜里《みのり》さんのところに駆け寄った。

「し、失礼します、ミノリ先生」

ロイクが、美埜里さんの両脇に手を伸ばして、羽交い締めのような形で立ち上がらせる。

それを見て――僕は、ようやく光流さんがあの二人をこの場に連れてきた理由を悟った。要するに先日のエルビアの代わりだ。ロイクはそんなに腕力がある方ではないけれど、小柄な体軀《たいく》に似合わぬ怪力の持ち主であるロミルダと二人がかりなら、美埜里さんを強制連行することも可能だろう。

ただ――

「ああ……」

ロイクは美埜里さんを羽交い締めにしたまま、動かない。

というか虚空《こくう》を見上げて滂沱《ぼうだ》と涙を流していたりする。

「ミ、ミノリ先生と、こんなに、こんなに密着できる日がくるなんて……僕は、嗚呼《ああ》、僕はもうッ……！」

「気色悪《きしょくわる》いこと言ってないで早くしなさい、この変態エルフッ！」

いつまでも立ちつくすロイクに痺《しび》れを切らしたのか、ロミルダがロイクの足を思いっきり踏んづけた。

「ひぎっ……⁉」

思わずロイクは美埜里さんから手を離して、しゃがみ込む。

小柄な女の子といってもロミルダはドワーフである。筋力という意味では彼女は僕よりも遥《はる》かに強いはずだ。しかもドワーフのブーツは、僕らの世界で言うところの安全靴みたいに鉄板入りの頑丈な代物《しろもの》が多いから——思いっきり踏まれれば、プレス機に挟まれたような痛みになるに違いない。

「な、何するんだ⁉」

そう訴えるロイクは涙目である。可哀想に。

「うるさい！」

ロミルダはそう怒鳴ると、ロイクと美埜里さんの襟首を掴《つか》み、そのまま二人を引きずりながらテラスから去って行った。さすがはドワーフ。反射神経とか総合的な運動能力ではウェアウルフにかなわないみたいだけど、純然たる筋力ではたぶん、エルダント最強種族なんじゃないだろうか。

ともあれ――三人の姿はすぐに見えなくなって。

「気分が悪くなったようなので、あの二人に頼んで休ませます」

呆然《ぼうぜん》としている一同に光流《ヒカル》さんは平然とそう説明した。

いや、どこからどう見ても気分が悪くなったとか、そういう問題じゃないんだけど――

堂々と言い切られると、改めて問い質《ただ》すのも躊躇《ためら》われるというか。

さらに――

「……そういえば、ルーベルト殿下」

さらりと光流さんは言葉を繋《つな》いで話題転換を図る。

「ルーベルト殿下は、陛下に求婚なさっておいででしたが――陛下のどういったところを魅力に感じておられますか？」

「…………」

いきなりそんな話題を――それも本来、部外者である〈アミュテック〉の人間から問われるとは思ってもみなかったのか、ルーベルト王子は一瞬、目を丸くして光流さんを見つめていたけれども……

「魅力――か」

ルーベルト王子は微苦笑を浮かべて言った。

「本来……我々王族や帝族の婚姻に、個人の嗜好《しこう》や感情はあまり関係がない」

「おや。ではあくまで求婚は政治的な意図のみで、個人としては恋愛感情はないと？」

少し驚いたような表情を浮かべて光流さんは言う。

うわ……際どいっていうか、挑発的な聞き方するな……横で聞いている僕の方が冷や汗ものだ。一歩間違えばルーベルト王子が激怒しかねないいんじゃないか？

「早合点しないでくれ。そういう事情があるからこそ、陛下のような美しい方と添い遂げることができるのであれば、こんな幸運を逃すつもりはない」

平然とルーベルト王子はそう繋げてきた。

おおう。そうきたか。

「私はこれほどまでに美しい人を知らない。単に目鼻立ちが整っているというだけならば他にもいようが、気高さや聡明《そうめい》さを併せ持つとなると希有《けう》だ。見ているだけで手にとって触れてみたくなるその銀の髪も綺麗《きれい》だが――何より、自ら光を放つ宝石のような翡翠《ひすい》の瞳が、そうした陛下の魅力をよく表している」

よくもまあ、すらすらと、こんな歯の浮くような台詞《せりふ》を――なんて僕は思っちゃうけれど。

「…………」

多少大袈裟《おおげさ》な物言いだろうがなんだろうが、やっぱり褒められていると嬉《うれ》しいのか、ペトラルカは得意げに胸を張って――それからちらりと僕の方に一瞥《いちべつ》をくれる。

え？　何？

僕が、投げかけられた視線の意味が分からずに目を瞬《しばたた》かせていると、ペトラルカは眉を顰《ひそ》めてぷいっと目を逸らした。えっと——ペトラルカ、怒ってる？

「これでご納得いただけたかな？」

「——はい。不躾《ぶしつけ》なことをお聞きしました。お許しください」

笑顔で訊《たず》ねるルーベルト王子に光流《ヒカル》さんも同じく笑顔で頷《うなず》く。

そんな二人を眺めながら——

「…………」

僕はほんの少し違和感を覚えていた。

ペトラルカの銀髪は確かに綺麗《きれい》だと僕も思う。翠《みどり》の瞳も確かに宝石みたいで、よく澄んでいて、まっすぐ見つめられるとドキドキする。早々に日本語を覚えたり、あの歳《とし》で皇帝としての執務をこなしていたりと、ペトラルカが聡明《そうめい》なのも間違いないと思う。

でも……なんて言うか。

もし僕がルーベルト王子の立場なら、やはり『美しい』って言葉でペトラルカを褒めないと思う。僕の知っているペトラルカは、元気で、お転婆で、ワガママで、何事にも一生懸命で、本当に可愛い女の子だ。強《し》いて使うなら『愛らしい』であって……何よりもまずそこを褒めるべきなんじゃないか？

それともこれは単に魔章指輪の翻訳機能が上手く意味《ニュアンス》を伝え切れていないんだろう

か。それとも自分が幼く見られるのをペトラルカが嫌うのを知っていて、ルーベルト王子が気を遣ったのか。

僕の考えすぎだろうか。

でも――

「………」

首をひねってペトラルカから視線を外した僕は――

「――あ」

そこで見た。

他に比類ないほどに『美しい』銀の髪と翠の瞳を。

そう。銀の髪と翠の瞳はペトラルカだけのものじゃない。もう一人、この場にいるじゃないか。しかもどこからどう見ても『可愛い』や『愛らしい』ではなく『美しい』と評するべき人物が。

すなわち――

「………」

ガリウス・エン・コルドバル。

彼の視線がルーベルト王子の方を向いているのに気付いて、僕がそちらに目を向けると、ルーベルト王子もガリウスの方を見つめているのが分かった。

騎士ガリウスとルーベルト王子。

ほんのささやかな、目配せ。

でもだからこそ、それはいざ気付いてしまうと、とても意味深に見えて——

(……もしかして)

今ルーベルト王子が並べ立てていた褒め言葉、実はペトラルカじゃなくて、ガリウスのことなんじゃないだろうか。いや。間違いなくそうだろう。そうとしか思えない。ガリウスはガリウスで、無表情だけど、何かこう——照れたように頰《ほお》が赤いし。この辺はやっぱりペトラルカと同じく色白なので、彼が紅潮するとよく目立つのだ。

うーん。これはやっぱりそうなのか。

「………」

僕がペトラルカの方に視線を戻すと——彼女は、お茶菓子に手を伸ばしているところだった。好きなお茶菓子なのか、顔を無邪気に綻《ほころ》ばせていて、本当に可愛らしい。

けれど彼女は僕の視線に気付くと、慌てて手を引っ込め、表情を引き締めてから、お澄まし顔でもう一度お茶菓子に手を伸ばした。今度はこう——全体的に優雅な仕草で。

まあペトラルカは、そういうのもよく似合うんだけど……でも普段の彼女を知っている僕からすれば、やっぱり、無理して大人ぶっているようにも見える。

幼い頃に両親を政争で失ってしまったペトラルカ。

皇帝陛下たらんとして背伸びをしてきたペトラルカ。

彼女が背負い込まされた重圧というものを、僕は知っている。

だからこそ――無理して大人ぶっている彼女を見るのは、ちょっと、辛《つら》い。

「………」

改めて僕はルーベルト王子の方を見る。

正直、美男子だと思う。文句の付けようがない。物腰も穏やかで、優しそうで、絵本に出てくる王子様そのものだ。なんと言うか全身に纏《まと》ったオーラっていうか、空気が、僕のような庶民の小倅《こせがれ》と違う。

皇帝陛下の夫となるにふさわしい――生まれながらの貴人だ。

けれども僕は……彼が美男子だからこそ、さきほどの、彼の顔に一瞬浮かんだ嫌悪の色が忘れられない。彼は優しく見える。実際に優しいのかもしれない。けれどたぶんその優しさは亜人種には向けられない。

それに……

おそらく彼は本当の――素顔のペトラルカを知らない。彼が知っているのはあくまで皇帝陛下の顔をしたペトラルカであって……彼女が怒ると見せる、小さな子供みたいな膨れっ面《つら》や、目新しいものを見つけてキラキラと輝く無邪気な瞳や、ほんのささいなことでもぱっと輝くその朗らかな笑顔を、知らない。

僕は出会っていきなり、彼女に失礼なことを言ってぶん殴られたわけだけど――考えてみればあの一件があったからこそ、彼女は僕に皇帝陛下という仮面越しに接するのを止めてくれたのではないだろうか。

いずれにせよ……

ルーベルト王子はペトラルカに結婚を申し込んだわけだけど、彼女を一人の女の子としては見ていないような気がする。先の褒め言葉も、それがガリウスに向けたものであったかどうかはさておいても、別にペトラルカのことをよく知らなくても並べ立てられるような――社交辞令とも言うべき言葉ばかりである。

まさしく政略結婚だ。

もちろん、結婚はすべて恋愛の結果でないと駄目――なんて言う気はないけれど、自分の伴侶までが、彼女を、一人の女性である以前に『皇帝陛下』というレッテルを貼ってくるような状況で……ペトラルカが幸せになれるとは、とても思えない。

だから――

「……ペトラルカのいいところは、そこじゃないと思います」

口をついてそんな言葉が出た。

周囲の驚きを含んだ視線が僕に集まるのを感じる。光流《ヒカル》さんやルーベルト王子はもちろんだけれど、ペトラルカ本人までが目を丸くして僕の方を見ていた。

「シンイチ……?」

両親ズや的場《まとば》さんに頼まれたから――だけじゃない。

僕もペトラルカとルーベルト王子の結婚には賛成できなかった。

「いいですか。ペトラルカのいいところは……」

何か期待のこもったような目で僕を見つめてくるペトラルカに、大きく頷《うなず》くと、僕は拳を握りしめて立ち上がった。

「そのロリなところに決まってるじゃないですか！」

「…………は？」

と漏らしたのはペトラルカ本人だった。

ちなみに光流さんやガリウスや他の同席者は全員、怒濤《どとう》の勢いで迫り来る雪崩《なだれ》を前にしたかのように凍り付いているのが見えたけど、それは別にどうでもいい。僕は——やはり目を丸くしているルーベルト王子をまっすぐに見据えると、さらに捲《まく》し立てた。

「特にその胸！　素晴らしいつるぺた！　貧乳はステータス！　いや！　胸だけではありません、十七歳でありながら、小学生にしか見えないその容姿！　なんと言う希少性！　いいですか？　分かりますか？　合法ロリですよ⁉　日本の法律じゃ十六で結婚できるんですよ⁉　しかも一人称が『妾《わらわ》』ですよ？　なんですかこの萌《も》え要素の過剰積載！　けしからんッ‼　ペトラルカさんマジ天使！」

鼻息荒く主張しながらテーブルを平手で叩《たた》く僕。

光流さんが頭を抱えているのが見えたけど、それもまあ、今はどうでもいい。

むしろ問題は——

「シ〜ン〜イ〜チ〜」

般若《はんにゃ》もびびりそうな表情で僕を睨《にら》んでいる皇帝陛下だった。

次の瞬間、がん、と音を立てて椅子を蹴倒すと、ペトラルカはテーブルを回り込んで僕の方に駆け寄って——というか飛び掛かってきた。

「誰がロリじゃあああああ！」

白くて可愛い手ががっちりと拳を握りしめて僕の顔面に食い込む。

「ごふっ」

ペトラルカの攻撃！　慎一《しんいち》は倒れた！

「誰がつるぺたじゃ！」

だがそれだけでは気が治まらないのか、ペトラルカは僕の上に馬乗りになると、襟首を摑《つか》んでかっくんかっくんかっくん、前後に激しく揺さぶってくる。

おおう。これ地味に効く——

「本当に、汝《なんじ》は、いつも、いつも、好き勝手に、言いおって！」

「あ、いや、だから、僕は、ただ、ルーベルト王子に、ペトラルカの、いいところを、分かって、もらおうと——」

「何が、貧乳は、ステータス、じゃ！」

「本当、そうなんだってば！」

「いつも、ミュセルや、ミノリや、エルビアの、胸ばかり、見とる、くせに！」

「だから、あれは、あれで、いいもの、だけど、ちっぱいは、ちっぱいで、素晴らしい、んですって！」

「ならもっと――」

「もっと？」

「なんでもないわ、黙れ！」

最後にペトラルカは手を放すと――トドメとばかりに頭突きを喰《く》らわしてきた。

床とペトラルカのおでこにサンドイッチされて、その痛みに呻《うめ》く僕を、傍らで見下ろしながら――光流《ヒカル》さんが呆《あき》れたように言ってきた。

「何やってるんですか、慎一さん……」

「何って、僕は僕なりにペトラルカのいいところを伝えようと……」

「何がいいところじゃ！　本当に無礼な奴じゃなシンイチは！」

僕の上から退《ど》いて、ペトラルカが怒鳴る。

けれど――

「そもそもシンイチは、此奴《こやつ》は、初めて出会ったときから、失礼極まりない奴で――」

目を丸くして固まっているルーベルト王子に向けて、ペトラルカは言う。

「妾《わらわ》に向かって開口一番『幼女キタ！』などと！　皇帝に向かっていきなりそんなことを言うた阿呆《あほう》は後にも先にも此奴だけで――」

そう言うペトラルカの表情が、どこか、楽しそうに見えるのは僕の気のせいだろうか。

なおも地団駄を踏んで憤慨している彼女の向こうで――『いつものことだ』と言わんばかりに、ガリウスが苦笑を浮かべながら肩を竦《すく》めるのが、見えた。

その後——半時間ばかりして、お茶会は終わった。

テラスを辞した僕達は、城の廊下を歩いて、あらかじめ待ち合わせていたロイクとロミルダのお父さんズと合流。お父さんズが手配してくれていた別室にて、経過報告と反省会ということになった。ちなみにお父さんズのところには美埜里《みのり》さんとロイク、ロミルダもいる。

で——

「ロイク、ロミルダ、ごめんね。ありがとう」

暴走した美埜里さんを連れていってくれた二人に、僕は謝罪とお礼を言った。

「いえいえ！　先生のお役に立ててよかったです」

そんな僕に、にこにことした笑顔でロミルダがそう言ってくれる。

ロイクとはしばしば喧嘩《けんか》しているけれど、本当にいい子である。

僕はそれから光流《ヒカル》さんの方に向き直って訊《たず》ねた。

「光流さんはああなるって予想ついてたの？」

「まあ多少は」

肩を竦《すく》めた光流さんの視線の先にいるのは——一人で不気味に笑いながら、何やらぶつぶつ呟《つぶや》いている美埜里《みのり》さんだ。

「今頃二人は言うのよ。『ペトラルカと仲良くしている私を見て嫉妬したか？』『ッ、そんなわけないだろう』『ふふっ、君の心を乱すのも一つの楽しみなんだ』」

「そうですね！」

そしてそんな美埜里さんへ律儀に相槌《あいづち》を返しているのは、彼女の隣に立っているロイクである。楽しそうだけど――彼、本当に美埜里さんの呟いている内容というか、その意味が分かっているんだろうか？　あばたもえくぼ、なんて言うけれど――よくあの状態の美埜里さんに接してどん引きせずに済んでいるものである。それとも、もうまともな判断力がないのか。僕としては、このエルフの少年が変な方向に道を踏み外さないのを祈るばかりである。

ともあれ――

「それで、上手くいきましたか⁉」

鼻息荒く僕に聞いてくるのは、ロイク父のエリックさんだ。

「えっと……」

僕は曖昧に笑ってごまかすことにした。

僕なりにペトラルカのことを思って口を挟んだわけだけど、結果的にペトラルカを怒らせちゃっただけだし、上手くいった、とはどうにも言い難い感じだ。

だからといって『てへ。失敗しちゃった♪』とか言えるような雰囲気でもない。エリックさんもライデルさんも表情は真剣そのものだ。

しかし――

「ええ。おおむね上手くいっています」

「……え？」

「そうですか！　よかった、さすがはシンイチ殿だ！」

光流《ヒカル》さんの言葉に僕は目を丸くして固まり――その一方でお父さんズは安堵《あんど》に表情を緩ませてそう言った。

「……ちょっと光流さん」

「なんですか、慎一《しんいち》さん」

「上手くいったって……あれのどこが？」

僕はお父さんズに聞こえないように光流さんの服の袖を引っ張って耳打ちする。

「僕はペトラルカ怒らせちゃって……」

「別に怒ってなかったですよ」

しれっとした口調で光流さんはそう言った。

「え……？」

「私のシナリオじゃ陛下は不満だったみたいですけど。本当、惚《ほ》れた弱みというか、結局、慎一さん自身の言葉であれば、どんな言い方でも届くものなんですね……真面目にシナリオ練っていた私が馬鹿みたいです」

「え？　何？　どういうこと？」

「……………」

光流さんは呆《あき》れた様子で僕を見つめていたけれど――

「説明するのがめんどくさいので、いいです」

なんだよそれ。

光流さんはそれ以上は教えてくれず、お父さんズに向き直って言った。

「私のシナリオが通じなかったことは癪《しやく》ですが……何はともあれ、怪我の功名というか、途中で紆余曲折《うよきよくせつ》はありましたが、それがかえって上手く働いています」

「おお……ありがたい」

と頷《うなず》くお父さんズ。

いや、本当、よく分からないけど……まあ、光流さんがそう言うのであれば、そういうことなのだろう。これ以上聞いても教えてくれそうにないし。

「といっても、もちろん、あれだけで完全に結婚話を潰せたわけではないと思います。まだ油断はできないでしょう。摂政であるコルドバル卿《きよう》がどう考えているのかも重要ですし」

「――もちろんルーベルト王子のことが好きに決まってるじゃない！」

などと割り込んできたのは言うまでもなく腐敗中の女性自衛官である。

もちろん、僕も光流さんも、無駄の極みなのは分かっているので、この状態の美埜里《みのり》さんの台詞《せりふ》に、いちいち取り合ったりはしない。

「コルドバル卿《きょう》を味方にできれば、それだけでどうにでもできそうですけれど」

「あの二人どう見てもできてるわよ！　空気が違うもの！」

「一度どう思ってるのか訊《き》いてみる？」

「ガリウスさんのあの乙女具合！　最初はガリウスさんって攻めなのかなーって思ってたんだけど、あんな顔見せられたらもう受けにしか見えないわよね⁉」

「しかしそれでもし賛成してたら、それこそ困りますね……」

「だいたいルーベルト王子が攻めなのよ！　あの余裕そうな笑み！　どう見ても手玉に取る気満々よね！　というか顔、顔がもう攻めなのよあの人！」

…………

「――ええい、ちょっと黙ってください、そこの発酵自衛官！」

話が混乱してしょうがない。

「っていうか今の発言危険すぎです！」

だいたい顔が攻めって何⁉

万が一にもBL妄想のネタにルーベルト王子を使ってるなんて知られたら、不敬罪で首を斬られかねない。ガリウスがその辺、鷹揚《おうよう》というか、BL話には甘いので、美埜里《みのり》さんも調子に乗りすぎちゃってるのかもしれない。

「もうその話はいいですから！」

僕はライデルさんやエリックさんの方を見て言った。

まあないと思うけど……エルダント側の人達から美埜里さんのこの腐った妄想が、ガリウス本人に伝わったりしたら、まずい。

「せめて指輪外してください！」

そうすればとりあえず、美埜里さんが何を喋《しゃべ》っているか、お父さんズには伝わらなくなるし。学校で多少なりとも日本語を習っているロイクとロミルダは——ひょっとしたら聞き取ったりしちゃうかもしれないけれども。

「なーにーよー」

意気揚々と語っていたところを遮られて不満なのか、指輪を外しながらも、美埜里さんが口を尖《とが》らせる。

あ。なんか可愛い。もともと童顔なところがあるから、こういう表情されるとこの人もやたら可愛いんだよなあ。まあそれはさておき。

「言っておくけど本当だからね⁉　私と同じように同好の士が張り付いてるのが何よりの証拠！」

そしてぐっと拳を握って力説してくる。

「同好の士？」

思わず聞き返した僕に、ふふっと美埜里さんが笑った。

「ガリウスさんとルーベルト王子が二人だけで逢《あ》っているとね、少し離れて、物陰に隠れてだけど、その人も必ずいるの」

「……は？　二人だけで逢《あ》っているとって」

なんでそんな場面知ってるんですか。

「ほらほら。これ」

と美埜里《みのり》さんが得意げに僕の方に差し出してくるのは、彼女のスマートフォンである。

そこには……動画で、城の廊下の風景が映し出されている。そして確かにガリウスとルーベルト王子が二人だけで向かい合っている姿があった。広角レンズで撮られているらしく、やたら視界が広いけど、映像が全体的に少し歪《ゆが》んでいる感じだ。

「なんでこんな映像――」

「城の中には幾つかカメラ仕掛けてあるから」

「なるほど――ってちょっと待て⁉」

しれっととんでもないことを言う美埜里《みのり》さんに僕は悲鳴じみた声を上げた。

「盗撮じゃないですか！　いつの間に⁉」

「わりと早い段階から」

と悪びれた様子もなく美埜里さんは言った。

「エルダント側の反応を記録するっていう意味で、仕掛けるように的場《まとば》さんに頼まれて。まあエルダント側はエルダント側でこっちを監視してたからお互い様っていうか」

そういえば当初、僕らの屋敷は、魔法生物だか精霊だかよく分からない一つ目フクロウに監視されてたんだっけ。

何にしても、美埜里《みのり》さんに指輪外しておいてもらって良かった。

「それでね、この人なんだけど」

美埜里さんがスマートフォンを操作、拡大して示したのは、映像の端、物陰から二人を見つめているらしい女性の姿だった。

「これって——」

「そう。ルーベルト王子の従者の一人」

美埜里さんの言葉通り、それはさきほどのお茶会にも姿のあった——長い髪を後ろでくくっていた女性だ。

「単に護衛なんじゃや……」

「でも、この人、いつも熱っぽく二人を見つめてるのね」

「そ……そうなんですか」

そうか。あの人も腐ってたのか。

「そうなの。絶対私あの人と仲良くなれるわ。語り合いたーい」

うっとりとした目で、美埜里さんが胸の前で両手を組む。格好は夢見る乙女といった様子だけど、そのやたらに豊かな胸の奥で、いったい何を妄想しているのやら。ちなみに唇の両端は緩みに緩みきっていた。

「ミ、ミノリ先生！　オ話ナラ、イツデモ僕ガ！」

「うふ……うふふふふ……」

『語り合いたい』という日本語は聞き取れたのか、ロイクが懸命に、ここぞとばかりにアピールしている。けれど、美埜里《みのり》さんには届いていないっぽい。哀れだ。

「ミノリ先生ッテ、トキドキ面白イデスヨネー」

目を瞬《しばたた》いているお父さんズの隣で、ロミルダが笑う。

この美埜里さんの腐女子全開モードを面白いの一言で片付けられるロミルダは、ある意味すごいというか、大物だと思う。

「私もう胸がいっぱいよ……ハア、辛《つら》い……萌《も》えすぎて苦しい……辛い……」

ほう、と息を吐き出す美埜里さんから、僕は視線を外すと——隣の光流《ヒカル》さん共々、長い溜《た》め息をついた。


相変わらずの美埜里《みのり》さんや皆をその場に残し、僕はいったん——部屋を出た。

「……ええと便所《トイレ》は……」

基本的には生理現象のためだけど、正直、いまひとつ先が見えないというか、停滞気味の話に疲れてきたということもある。少し気分を変えたかったのだ。

もちろん、このエルダント帝城には何度も来たことがあるので、トイレの場所も大まかには分かる。初めての階層や区画でも、やっぱり設備の配置というものには設計者の癖が出るから、『たぶんこの辺だろうな』というところをうろうろすると、見つけることができるのだ。

時々、騎士や城勤めの官吏とすれ違いながら会釈をし、廊下を歩いて行くと——

「……ん？」

廊下の片隅……物陰にしゃがみ込んでいる誰かに僕は気付いた。

「あれは——」

小柄なのでちょっとした暗がりにでも隠れられるのだろう。しかし長い銀髪を隠しきれていない。本物の銀で作られているかのように、鮮やかな色のその髪に——僕は二人ばかり見覚えがあった。ただし小柄なのは片方だけだ。

「ペ——」

と声を掛けようとして、しかし思い止《とど》まる僕。

さきほどは怒らせちゃったし、何よりペトラルカは隠れているつもりなのだろうし、ここは気付かずに通り過ぎてあげるべきだろうか。皇帝陛下がこんなところで何をしているのか、気にはなったけれども。

僕はそのまま気付かないふりをして彼女の側《そば》を通り過ぎようとして——

「——シンイチ！」

呼ばれて反射的に振り返ると、目が合ってしまった。

「なんじゃ。どうしてこんなところにおる?」

眉を顰《ひそ》めてそう訊《たず》ねてくるペトラルカ。

「それはこっちの台詞《せりふ》——あ、いや、えっと……」

「………」

ペトラルカは束の間、言葉を濁す僕の方を見ていたけれど、何か思いついた様子で僕を手招きしてきた。

「シンイチ、来い」

「え?　でも」

「いいから、こっちに来い」

若干、苛立《いらだ》たしそうにそう言ってくるペトラルカ。

うーん。こうはっきり言われては逃げるわけにもいかない。僕は彼女のところに歩み寄って、一緒に物陰へとしゃがみ込んだ。さすがに完全に隠れきるのは無理っぽいけど、仕方ない。

「……シンイチ」

それからペトラルカは囁《ささや》くような声で言った。

「さきほどのあれは、本心なのか?」

「うぇ?　あ——いや、あれは……」

どうやらロリだのなんだの言ったのがまだ尾を引いているらしい。

まずいな……

「いや、まあ、陛下がお怒りになるのはもっともなのですが、えっと……」

僕は、いつペトラルカの拳が飛んできてもいいように身構える。

本心かと問われればあれは実際本心だ。ちょっと言い方が極端だった気もするけど、ペトラルカは本当に可愛いし、誰にでも使えるような、当たり障りのない褒め言葉よりも、ずっとずっと僕の中では真摯《しんし》な表現だった――んだけど……まあ、良くないですね、はい。

「別に馬鹿にしてたわけじゃないよ、その、ペトラルカは、本当にその――」

「……そうか」

頷《うなず》くペトラルカ。

そして彼女は――少しだけ笑った。

……え？

「……ちょっと……な、その」

ペトラルカは僕から視線を外し、近くの床を見つめながら、はにかむように言った。

「実を言えば……嬉《うれ》しかった……ぞ？」

怒って……ない？

驚く僕の目の前で、ペトラルカは、こう続けた。

「謁見の間での変態丸出しの言い回しは気持ち悪かったがの」

確かにお巡りさん飛んできそうな言い方だったかもしれないけど！

一応僕は僕で真面目に――いや今はそんなこと問題じゃなくて。

「あれは、妾《わらわ》だから許してやれるのであって、他の女にあんなことを言ってみろ、嫌われるどころか、刺されても仕方ないぞ？」

「そ、そこまでですか」

「そこまでじゃ。寛容な妾に感謝するが良いわ」

「は、はあ……」

……もしかしてペトラルカはちゃんと、僕が、僕なりの言葉で彼女を褒めようとしていたことに、気付いてくれたのだろうか。

というか。

ものすごくいまさらだけど僕のあの発言――ルーベルト王子にはどう受け止められてたんだろうか。彼の目の前でペトラルカの良さを力説するって、見方によっては宣戦布告というか、お前より僕の方が彼女のこと分かってんだぞ、的な言い方に聞こえたりしてないだろうか。

いや……大雑把に言えば確かに『あんたは分かってない、分かってないよ！』的な発言だったのは事実で。

でもそれは、ペトラルカのことを理解してあげてほしかったからだ。

皇帝陛下ではなく、ペトラルカという女の子の味方になってあげられる誰かが、側《そば》にいてあげるべきだと思うし……ルーベルト王子がそのことを理解してあげられないのなら、ペトラルカのことを諦めて、結婚を取りやめてほしいと思っての発言だった。

僕はペトラルカの結婚を邪魔したいわけじゃない。

どうせ結婚するなら幸せになってほしい――と思っただけだ。

そりゃ、ペトラルカが誰かと結婚しちゃって、僕達と疎遠になっちゃうのは哀しいけれど。でもそれでペトラルカが幸せになれるのなら、それは祝福してあげるべきだろうし。

……って。

僕も何をうだうだと考えているんだか。

これじゃまるで――

「シンイチ？」

ペトラルカが不思議そうに僕の顔を覗《のぞ》き込んでくる。

ああ、近い、近すぎるよペトラルカ。物陰に二人して身を潜めているせいで、肩と肩が触れ合いそうな感じで、お互いの体温も呼吸も肌で感じられるような距離である。

それがなんだかものすごく恥ずかしい。

本当、彼女を膝に乗せて漫画を読んだこともある身としては、いまさらなんだけど、ものすごく緊張してしまう。

「……そ、そういえば、なんで隠れてるの？」

内心の動揺をごまかすために、そんなことを訊《たず》ねてみる僕。

ペトラルカは——とたん、顔をしかめて言った。

「いろいろと皆がうるさいのじゃ。騒がしくて敵《かな》わん」

「うるさい？」

「あの後な。臣下どもが大挙してやってきて、ルーベルト王子との婚姻についてあれやこれやと言ってきおった」

「あー……」

そういえばロイクとロミルダの両親も、自分達からもペトラルカを説得するつもりだとか言ってたっけ。他にも何人か亜人種の重臣はいるみたいだし、彼らはペトラルカとルーベルト王子の婚姻を止めにかかるだろう。

けれど、彼らがそれだけ焦っているということは、人間の重臣には、今回の婚姻話について歓迎する勢力もいるということだろう。以前から帝族や王族の姻戚関係は続いていたというのなら、嫁入りしてきたお姫様にくっついて、エルダント入りした臣下もいるだろうし、彼らがそのままエルダントの親《しん》ツェルベリク王国派勢力になっていても、おかしくはないわけで。

うーん……

「鬱陶しいので逃げてきた」

ペトラルカは溜《た》め息をつくような口調でそう言った。

「あの、ペトラルカ？」

「なんじゃ」

「……ルーベルト王子と結婚、するの？」

「それは……」

僕からの問いに、ペトラルカは言葉を詰まらせて——それから顔を背けた。

恥ずかしがっている？　違うか。一瞬、ペトラルカはルーベルト王子のことが好きで、結婚についても前向きに考えているのかとも思ったけど、これはむしろ……逆だ。

もちろん、ルーベルト王子を嫌っているということではなく。

彼女は単に、自分の気持ちとか、そういうのを脇に置いて、エルダント帝国の皇帝としてどうすべきかを考えたのだろう。

国を背負う者として、婚姻関係を結ぶか、否《いな》か。

まだ十七歳なのに、自分の意思ではなく、国のことを優先して、人生を左右するであろう結婚のことを考えなくてはいけない。好きな人とではなく、国に有利になる人と、添い遂げなければならない。

それはどれだけ、大変なことなのだろう。

それはどれだけ、残酷なことなのだろう。

「……のう、シンイチ」

やがて——お互い黙っているのにも飽きたような感じで、ペトラルカは声を掛けてきた。

「何？」

「……聞きたいことがあるのじゃが」

「聞きたいこと？」

いったいなんだろう？

「僕なんかでよければなんでも聞いて」

僕なんかに相談することで、ペトラルカの助けになるのであれば。

「えっと、じゃな……ん、んん」

小さく咳払《せきばら》いをして、ペトラルカは僕から顔を背けたまま、言った。

「たとえばじゃがな、立場的に絶対結婚できない相手がおるとする」

「立場的に絶対結婚できない相手……？」

『ロミオとジュリエット』的な？

敵対関係にある二勢力にそれぞれ属していて――とか？

「その……お互い……相手のことは嫌っていないというか……悪くは思っていないはずなのじゃが……たぶん……」

急に自信なさそうにペトラルカの声が萎《しぼ》む。

「……それって……？」

『悪くは思っていないはず』という言い方を聞く限り――たとえ話には聞こえない。むしろ実際にいる誰かの話のような気がするのだけれど。

たとえば――

「わ、妾《わらわ》の話ではないぞ⁉　知り合いの話じゃ！」

「あ、そうなんだ」

何故か無意味にほっとして、僕はかくかくと頷《うなず》く。

そうか……知り合いの話か。知り合いの話ね。うん。

でも知り合いの恋話《こいバナ》でこんなに赤くなるとか、やっぱりペトラルカって初心《うぶ》っていうか、本当に可愛いなあ。

……って待てよ。

知り合い？

それって――ひょっとしてガリウスのことだったりする？

立場的に絶対結婚できないというのは、ガリウスとルーベルト王子の場合に当てはまる。

ペトラルカはもしかして、二人のことを、僕に相談しているのだろうか？

嗚呼《ああ》、なるほど、ルーベルト王子に求婚されたペトラルカとしては、ガリウスにそのことを相談するわけにもいかないし、今回の婚姻話については完全な部外者である僕に意見を求めているということか。

知り合いといって明言を避けたのは、ガリウスのことを心配していると僕に告げるのが恥ずかしいからか。ペトラルカの気の強い性格からすれば、ありそうな話だった。

うーん。従兄《いとこ》想いの優しい子だよなあ。

そんなふうに僕が萌《も》え萌《も》えしていると――

「立場的に絶対結婚できないし、むしろその者の側《そば》には――その、まだ、そういう関係ではないにしろ、別の者もおる」

なるほど、その別の者が、ペトラルカ自身のことだな。

お互いを想い合っているガリウスとルーベルト王子。でも王族として、国のことを考えて、ルーベルト王子はペトラルカに婚姻を申し込んだ――と。

「どう考えても立場としての問題がない分だけ、その『別の者』の方が有利で……」

そりゃペトラルカは女の子なのだから普通に結婚――と考えると圧倒的にガリウスより有利だよな。王族帝族となると、世継ぎの話とかも絡んでくるわけだし。

「だから不安で……諦めなければならないと思い始めていた。しかし、その……嫌われてはない、むしろ自分を好いてくれているのではないか、と思うこともあってな」

ルーベルト王子、お茶会でガリウスのこと――ペトラルカのことのようにごまかしてはいたけど――褒めてたしね、うん。

「どうしたら良いと思う？」

「なるほど……」

聞けば聞くほど、大変な三角関係である。

ペトラルカはじっと、答えを待って僕のことを見つめていた。

よほどにガリウスのことが心配なのか、赤面して、どことなく潤んだような目で——って、あの、そんな目でこっちを見つめられたら、部外者のはずなのに、こっちまでなんだか変な気持ちになってきちゃうんですけど。

とりあえず落ち着け、加納慎一《かのうしんいち》。

これは自分の話ではない。自分は第三者だ。だから冷静に判断できるはずだ。

僕は深呼吸して、うるさい自分の心臓を宥《なだ》める。

黙って考えを巡らせる僕をどう思ったのか——ペトラルカは、何度か瞬《まばた》きしてから、俯《うつむ》いてこう続けてきた。

「……ずっと目を背けていたのじゃ。このままがいいと」

ふむ。恋愛漫画なんかでよく見るパターンだね。

下手に告白して気まずくなるよりは、とかそういう。

「むろん自分の立場のことを自覚すれば、いつまでも今まで通りではおれん。しかし今回のことで、さすがにいろいろと決断を迫られて……」

まるで独り言のようにそこまで言って——

「わ、妾《わらわ》のことではないからな⁉」

急に、我に返ったような顔でペトラルカが言った。

「う、うん大丈夫、分かってるから！」

「本当じゃな？　妾のことではないぞ？」

「うん、そうだね！」

慌てて頷《うなず》く僕を、ペトラルカはしばらく、上目遣いで睨《にら》んでいたけれども。

「……………」

何故かむくれたような表情を彼女はしていた。

いや。あの上目遣いでそれは可愛すぎます陛下。いろいろまずい気がするのでやめていただきたい。ただでさえ距離が近すぎて、無意味に上昇している体温とか、無意味に大きく鳴っている心臓の音が彼女に気付かれちゃうんじゃないかって心配なのに。

えーと。なんだっけ。

ああ、そうそう、三角関係の話だった。

ふむー……

「それってさ」

しばらく考えてから僕は言った。

「本当にどうしても、今決めなくちゃいけないことなのかな？」

「……え？」

僕の答えが予想外だったのか……ぱちくりとペトラルカが、大きな目で瞬きを繰り返した。

「し、しかし……」

「今答えは出ないんでしょ？　だったらそれでいいと思うんだ」

「…………シンイチ」

「答えが出ない。それが今の『答え』なんじゃないかな。もっと時間が経《た》って時期が変われば、そのときに改めて別の答えが出るかもしれないし」

「……しかしそれは、逃げではないのか？」

「逃げちゃダメかな？」

そう言って苦笑しながら僕は頰《ほお》を搔《か》いた。

幼馴染《おさななじ》みに告白して振られて、逃げ続けて自宅警備員になっちゃった僕が言っても説得力なんかカケラもないとは思うのだけど。

でも——

「ほら、僕ニートだったじゃない？」

「にぃと？」

あれ。この単語分からないか。

「あ、その、ええと——この話ペトラルカにしてなかったっけ？」

そういえば幼馴染みの話は、ペトラルカにはきちんとしてなかったような。ミュセルには前にしたことあるけど……

「んとね。僕は幼馴染みの女の子に昔、好きだって告白したことがあってさ。日本でのことね。でもあっさり振られちゃったんだよね」

「そ、そうなのか?」

　驚いたような表情を浮かべるペトラルカ。

「それで、気まずくなって、引きこもって、何もしたくなくて、現実から逃げて……部屋から全然出ないまま無駄に時間を過ごして」

「………」

「でも紆余曲折《うよきょくせつ》あって、日本政府に〈アミュテック〉の総支配人として採用されて、このエルダントにやってくることができた。ペトラルカにも、皆にも、会えた。ただのオタクの僕が本当に、皆に良くしてもらってる」

　引きこもりのニートだったことはもちろん、褒められた話じゃない。

　けれども人生――何がどう転ぶか分からない。押して駄目なら引いてみなだ。絶対に逃げてはいけないなんて……まっすぐ前にしか進んじゃ駄目だなんて、思い込んでいたら、そこにある可能性を自ら閉じかねない。

　たぶん……僕達が生きていくうえで『正しい』ことも『こうあるべき』こともない。

　何かを選択したうえで、後悔しなければそれでいいんだ。

　ならばその選択を急《せ》かされていいことなんて、たぶん、ない。もちろん、いつまでも結論を出さずにだらけているのはまずいんだろうけど――一生懸命悩んで、答えが出ないのだとしたら、それは、今はまだ決断の時じゃないってことに、ならないだろうか。

「どうしても決断できないのなら、保留にしたっていいと思う」

僕は苦笑しながら言った。

「それって、ダメなことなのかな？」

瞬《まばた》きを繰り返しながら僕を見上げていたペトラルカは——やがて少し俯《うつむ》いて言った。

「良いのだろうか」

「少なくとも、悪いとは僕には思えない」

「……そうか」

呟《つぶや》くように言って、ペトラルカは顔を上げた。

その表情が——明るい。

僕の拙《つたな》い人生経験から来た言葉は、彼女に納得してもらえたようだ。

「そうか」

そう繰り返すペトラルカの笑顔に——僕は心臓が高鳴るのを感じる。

ああもう本当に可愛いなこの子ッ！

などと、僕が密かに萌《も》え上がる気持ちを持て余していたりすると——

「——陛下！」

ペトラルカを呼ぶ声が聞こえてきて、僕の肩が跳ねた。

あ、いえ、何もしてません、してませんよ⁉　してませんから！

よく分からない言い訳をしそうになりながら振り返って見ると——ザハールさんが、ぜえはあと肩で息をしながら、こっちに向かって走ってくる姿が見えた。

「むっ——見つかったか！」

すっくとペトラルカが立ち上がる。

彼女は何かを吹っ切ったかのような、晴れやかな笑顔で僕に頷《うなず》くと、走り出して——ザハールさんがやってくるのとは反対方向に逃げて行った。

「へい……か……！」

脱兎《だっと》の如き勢いで廊下を駆けて行くペトラルカ（十七歳）に、すでに老齢のザハールさんが追い付けるはずもなく。

結局、彼は僕の前で力尽きたかのように立ち止まって、荒い呼吸を少しでも落ち着かせようと身体を折り曲げた。咳《せ》き込み、震えるその姿は本当に辛《つら》そうだ。

……………えっと。

ひょっとして『逃げていいんだ』とか言っちゃまずかった？

「だ、大丈夫ですか……？」

「す、すみません……」

なんとなく罪悪感を覚えた僕は——とりあえずザハールさんに駆け寄ると、その背中を擦《さす》ってあげることにした。

屋敷の掃除は、単に屋根の下ばかりを綺麗《きれい》にすればいいというわけではありません。シンイチ様が——旦那様がお帰りになった際、少しでも気持ちよく屋敷の中にお入りいただける様、屋敷の周りも綺麗にしておくべきなのです。もちろん、外は庭師であるブルークさんの管轄ですが、屋敷の玄関周りなどは私が箒《ほうき》で掃いたり、定期的に雑草を抜いたりしています。

今日もそうやって私は玄関で落ち葉を掃き集めていたのですが——

「…………」

箒を握って、その場でぼんやりと手だけを動かしていた私は……自分の吐《つ》いた溜《た》め息で我に返りました。

良くないことです。やるべきことはまだいくらでもあります。干した洗濯物を取り込んだり、夕食の下拵《したごしら》えをしたり。同じ場所を無意味に箒で掃き続けているような余裕はないはずでした。

私は慌てて掃除を切り上げ、箒や塵取《ちりと》りといった道具を片付けることにします。

しかし——

「…………」

すぐにまた声にならない溜め息が口から漏れます。

本当に……良くないことです。昨日今日と、とにかくお仕事が滞り気味なのです。

私はふと森の向こうを……木々の梢《こずえ》の向こう側、そこにそびえる大きなお城の方を振り返りました。

「シンイチ様――」

今、シンイチ様は、エルダント城に出かけておられます。

なんでもツェルベリク王国の王子様から求婚された陛下を説得申し上げ、王子と陛下の婚姻を阻止するためなのだとか。ロイクさん、ロミルダさんのご両親によると、陛下の説得にはシンイチ様がいちばん適任なのだそうです。

確かに陛下に何かご意見を申し上げるのには、シンイチ様が最もふさわしいでしょう。

それは私も分かっています。分かっていますけれど――

「…………」

だからこそ私は不安なのでした。

陛下にご結婚を思い止《とど》まっていただくのに、説得をする際――もしシンイチ様が陛下のことを一人の女性として意識されるようになれば。そして陛下もシンイチ様のことを一人の男性として意識されるようになれば。

それは――

「私……」

シンイチ様は、陛下がシンイチ様のことを、一人の殿方として懸想《けそう》しておられるのではないか、という私の不安を、笑って『あり得ない』と否定なさいました。

けれども私には、そうは思えないのです。

私自身……自分の気持ちについて、改めて考えさせられることになったのは、この間まで屋敷に滞在していたクラーラさんと話したことがきっかけで……それ以前は、曖昧なまま深く考えてはいませんでした。

シンイチ様のことをお慕い申し上げていることに自覚はありましたが、それが、お仕えするご主人様としてなのか、それとも、一人の殿方としてなのか、その区別がついていなかった……というより、つけていなかった、という方が正しいでしょう。

同じことが、シンイチ様ご自身や陛下にも言えるとしたら。

今回のことがきっかけで——シンイチ様と陛下がお互いを意識されるようになればどうなるか。そのことを考えると胸が苦しくなります。

でも私のような立場と身分の者が、口を挟める話でもありません。

だから私は、ただ成り行きを見守るしかできません。

それがひどく哀しくて……いても立ってもいられないような、けれどもどうしようもないと分かっていてひどく虚しいような、そんな気持ちです。

「シンイチ様……」

お慕いする方のお名前を呼ぶたびに切なくなります。

ですが、ついつい口をついて出てしまうのです。

カノウシンイチ様。

大恩ある私のご主人様。

私の運命を変えてくださった方。

私の素性を気にせず笑顔で受け入れてくださった方。

「…………」

もう本日何度目かも分からない溜《た》め息が唇から漏れます。

そのとき——

「お悩みですか、お嬢さん」

「——ッ⁉」

話しかけてくるその声に私は驚いて顔を上げました。

見れば——こちらに歩いてくる人影が一つ。

頭のてっぺんから足の先までを覆《おお》うような、ぞろりと長い黒の外套《がいとう》に身を包んでいて、その容姿はまったく分かりません。外套の上から察することができるのは、私と同じ程度の身長であるということと——そして声から若い女性らしいということだけ。

「貴女《あなた》は……？」

私は思わず身構えました。

シンイチ様はニッポンという異世界から来たお方であり、ニッポンとこのエルダント帝国との、交流の架け橋となる役目を背負われたお方であり……つまり何かと特殊な事情を抱えておられるお方です。それゆえ、隣国のバハイラムに誘拐されたり、反国家集団の事件に巻き込まれたりと、その御身《おんみ》を狙われることも、少なくありません。

この人も、シンイチ様を狙ってやってきたのではないか。

まず私はそれを警戒したのですが――

「私は占いをしながら各地を旅しております」

黒衣の女性はそう言って立ち止まりました。

「こちらのお屋敷のご主人のお噂《うわさ》を聞き、お仕事をいただけないかと参った次第で」

目深《まぶか》に被《かぶ》った頭巾《ずきん》の奥から、女性の瞳が私をじっと見つめています。

「占い師さん……ですか」

「はい」

女性は頭巾の下で頷《うなず》きました。

占い師が貴族や豪商等――裕福なお屋敷を訪ねるのは珍しいことではありません。政治にしても商売にしても、どれだけ考えても判断がつかないような場面というのはよくあるそうですし、その際に占い師を頼るというのは、ごく普通のことです。中には専属のお抱えの占い師を屋敷に住まわせているお方もいらっしゃると聞きます。

私の母も以前聞いたところによると――『先見《さきみ》の目』という少し変わった力を持っているらしく、その力で実家の商売をもり立てているようでした。母の力は占いのそれとはまた異なるものだそうですが。

　ともあれ、この女性もあわよくばシンイチ様の――〈アミュテック〉のお抱え占い師になれないだろうかと考えたのかもしれません。皇帝陛下とも親しくおつきあいをしているお方のお抱え占い師ともなれば、不自由のない暮らしが約束される――そう考えるのも不思議なことではありません。

　しかし……

「あの、今、旦那様はお出かけになられて――」

「――貴女《あなた》」

　私の台詞《せりふ》の端を押さえるような感じで、女性は言いました。

「とても悩んでおられますね」

「え？　あの――」

「たとえば……恋の悩みなど」

「………………！」

　私は思わず身を震わせました。

　そうです。恋。これは恋――なのでしょう。改めて言葉にされるとそれはもう疑う余地もないもののように思えます。

「ど、どうして――それを」

「この水晶が教えてくれるのですよ」

狼狽《ろうばい》する私に、女性は外套《がいとう》の下から何かを取り出しました。

それは、首から下げていたらしい、水晶のネックレスです。

大粒の水晶が、幾つか連なって革の紐《ひも》に通されています。真ん中には他の粒と比べても
ひときわ大きな水晶が、きらりきらりと輝いて揺れていました。

「視《み》えますよ。貴女《あなた》――辛《つら》い恋をしているのではないですか?」

「…………ッ」

私は言葉に詰まります。

見透かされている――驚きと怖れに、私は総毛立つのを感じます。

ですが女性占い師はむしろ優しい声で、しかし躊躇《ちゅうちょ》なく私の胸の内に斬り込んできま
した。まるで歌うような口調で彼女はこう続けます。

「たとえば、メイドなのに、屋敷の主人に恋をした、なんてことは?」

「…………!」

「たとえば、ハーフエルフであるのに、身のほど知らずにも人間に恋をした、なんてこと
は?」

「なっ……」

私は思わず耳に手をやってしまいました。

屋敷の中では私がハーフエルフであることなど、誰も気にしません。気にしないでいて
くれます。これもシンイチ様のおかげでした。だから屋敷の中にいるときは、私は髪で耳

を隠さなくなっていました。

でも――

「わ、私、は」

恥ずかしさで顔が熱くなるのを感じます。

「なるほど？」

頭巾《ずきん》の下で女性が小さく笑うのが見えました。

「しかも……ご主人は貴女の想いに気付いておられない？」

「そんなことまで――」

占い師といっても千差万別――口から出任せを並べ立てるだけの詐欺師から、由緒正しい秘術や、母のような力をもってすべてを見通す『本物』までいるという話ですが、どうやらこの方は後者のようです。

「わかりますとも。水晶はすべてを映し出しますゆえ」

表情は頭巾の陰に隠れて半分も見えないのですが――女性は、そこはかとなく得意げな口調でそう言いました。

「もしよければ、力になりましょうか？」

「ほ、本当ですか？　あ――でも」

私には本当に力のある占い師を雇えるだけのお金はありません。たった一回の相談とはいえ、貴族や豪商のお抱え占い師を目指してやってきた方なら、お支払いすべき額は、決して安くはないでしょう。

「もちろん、お代は結構——代わりにご主人への推挙をお願いできればと」

「そ……そうですか」

「この水晶をよく見てください。今からここに、貴女《あなた》がどうするべきかが映し出されるのです」

「は、はい！」

顔の前に水晶を掲げる占い師の方へ、私は歩み寄りました。

言われた通り、水晶を見つめます。

「……？」

特に何も見えません。

「ようく見てください。ようく見て。水晶はあくまできっかけに過ぎません。見つめ求める意志が、答えを虚無より浮かび上がらせるのです」

「はい……」

言われた通り私は目を凝らします。

すると——

「…………？」

なんでしょう？

まるで水晶に——透明なその中へ自分自身が吸い込まれそうな錯覚を起こします。水晶の中に光が瞬《またた》いているように見えて、それを確かめようとさらに私は目を凝らし、より深く深く水晶の中に凝《こご》る虚《うつ》ろへと――

「え……?」

頭がぼーっとして考えがまとまりません。

何かを思い浮かべようとしても、片端から、それが掌ですくう水のように、指の間からこぼれおちていくというか、とりとめもない、ことば、それだけが、ただ……

「…………ふふ」

どこかとおくから、うらないしのわらうこえが、きこえてきたようなきがしました。きがしただけかもしれません……わたしは、それを、たしかめることも、できなくて。

…………

やがてわたしは、まっくらな――…………

第四章　恋愛の自由

夕陽《ゆうひ》がエルダント城の向こう側に沈んで消えかける頃。

僕達は——僕と美埜里《みのり》さん、光流《ヒカル》さん、の三人は羽車に乗って屋敷へと戻ってきた。

「ただいま」

「お帰りなさいませ」

いつも通り屋敷の玄関でミュセルが僕達を出迎えてくれる。

「旦那様、ヒカル様、ミノリ様——お仕事お疲れ様です」

「ただいま、ミュセル。変わったことはなかった?」

「いえ、何も」

とミュセルが答えて微笑んでくれる。

これもいつも通り。

ただ——

「夕食の準備ができていますので、そのまま食堂へどうぞ」

「あら。今日は少し早いんですね」

右手で食堂の方向を示して僕らを促すミュセルに、光流さんが言う。

確かに、いつもと比べると夕食の時間が早いような気もする。たいていの場合、部屋に戻って一息ついて、それからしばらくしてミュセルが皆を呼びに来るのだ。僕達が特に時間を指定しない限り、ミュセルはいつも、だいたい同じ時間に食事を準備してくれる。

今日は早めに準備が終わったとか？

「まあいいじゃない。お腹《なか》も減ってきたし」

ひょっとしたら、新鮮な食材が手に入ったとかで、今日は早めに夕食にしたい理由でもあるのかもしれない。こっちには冷蔵庫に相当するものがないので、要冷蔵の食材は早々に使い切ってしまわないとまずいらしいのだ。ちなみに魔法で凍らせて保存、という方法もあるらしいけど、その手の魔法はけっこう難しいらしくて、ミュセルには使えないそうだ。

ともあれ――

「いただくよ。ありがとう、ミュセル」

「いえ」

ミュセルは笑顔で頷《うなず》いて、踵《きびす》を返した。

僕達に背を向けて静々《しずしず》と廊下を歩いて行くミュセル。

その後ろ姿はもちろん、いつもの彼女なのだけれど――

「…………？」

なんだろう。この違和感。

何が？　と問われればはっきりと答えることはできないのだけれど、何か違うというか、ずれているというか、微妙に居心地の悪い感じがするというか。

なので――

「……ミユセル？」

思わず僕はミユセルを呼び止めてしまう。

「はい？」

立ち止まりミユセルはこっちを振り返ってくる。

なんでしょう？　とでも訊《たず》ねるかのように首を傾《かし》げて僕を見つめてくる。清楚可憐《せいそかれん》なその顔も、小鳥のようなその仕草も、確かにミユセルそのものなのだけれど。

いったい僕の感じる違和感の原因は、どこにある？

光流《ヒカル》さんも美埜里《みのり》さんも別に、今のミユセルに違和感を感じている様子もなく、怪訝《けげん》そうに僕の方を見ている。結局、何か僕の方がおかしいようにも思えてきて、慌てて首を横に振ってみせた。

「……いや、なんでもない。ごめん、呼び止めて」

「いえ」

笑顔でそう言うとまたミユセルは食堂に向けて歩き始めた。

その後に続いて僕らも歩き出しながら――

「……どうかしたの？　慎一君《しんいち》」

美埜里さんがそっと僕に顔を寄せてそう耳打ちしてきた。

「いえ、その……」

首をひねりながらも僕は適当な言葉を探す。

「なんだか……違和感というか。ミュセルが……知らない人みたいに見えたような」

「なんなんですか、それ」

呆《あき》れた様子の光流さんがそう言ってくる。

「何か疚《やま》しいことでもあるんですか？」

「なんでそうなるの」

「心に疚しいことを抱えていると、いつも通りの他人の表情や仕草も、なんだか違って見えるそうですよ」

「疚しいって別に——」

と言いかけて。

そこでようやく僕は違和感の正体に気付いた。

いつもすぎるのだ。

この数日ちょっとミュセルはいつもと違っていた。どうも僕とペトラルカの関係について気にしていたみたいだし、その、僕のことを好きだと言わんばかりの言動をしていたり、そわそわして落ち着きがなかったというか。

それが——今はない。

無意識のうちに身構えていた僕は、それで拍子抜けしたのだ。

「あー……まあ、やっぱり、僕の気のせいかな」

「ああ。やはり何か疚《やま》しいことがあるんですね？」

「だからそういう勘ぐりやめて！」

にんまりと笑って言ってくる光流《ヒカル》さんに、僕は悲鳴じみた声でそう返した。


食堂に足を踏み入れると——料理の美味《おい》しそうな匂いが漂ってきた。

長い食卓《テーブル》の上には、料理を載せた皿がずらりと並んでいる。たぶん、できたての熱々なのだろう、どれも色鮮やかなうえに、湯気が立ち上るのが見えた。

いつもながらミュセルは料理が上手い。

そして料理を美味しくつくるコツの一つは、手早く、効率的に調理を行うことなんだと聞いたことがある。ただ順番に決められた手順をこなしているだけじゃ、最初に作った料理が冷めてしまう。限られた調理器具や時間でどう複数の料理工程を並列で動かすことができるか、という応用性も、大事なのだとか。

でも正直、調理だけでなく配膳まですべて終わっているとは思ってもみなかった。

「今日は本当に、準備早いのね」

美埜里《みのり》さんが呟《つぶや》きながら椅子に腰を下ろす。

僕と光流さんもそれに続いて――それから。

「ミュセル？」

僕は食堂の壁際に立ったままのミュセルを見て首を傾《かし》げた。

「どうしたの？」

「……え？」

「もう配膳も終わってるんでしょ？　ミュセルも座りなよ」

もしかして他の面子《メンツ》が――エルビアやブルーク、シェリスがまだだからということで、遠慮しているんだろうか。確かにいつもなら真っ先に食堂に駆け付ける大食らいの獣《ケモノ》っ娘《こ》の姿がない。

でもミュセルは、炊事のみならず、この広い屋敷の掃除、七人分の服や寝具等の洗濯といった仕事をこなしてくれている。彼女が愚痴を言ったのを聞いたことはないけれど、全部合わせると相当な重労働で――当然、疲れているだろう。ミュセルがちょっと先に座っているからといって文句を言うような人は、この屋敷にはいないはず。

あれ？　でも……

「………？」

料理の皿が多いから、一瞬、気付かなかったけど。

これ、三人分だけ？

よく見ればナイフやフォーク、スプーンといった食器が三組しかない。

つまりは僕と美埜里《みのり》さんと光流《ヒカル》さんの分だけだ。

ミュセルのものはもちろん、エルビアやブルーク、シェリスの分もないことになる。

いや、それどころか――

「はい……」

ミュセルが遠慮がちに、空いている椅子へ座る。

しかしもともとナイフもフォークもないので、そこから何をするでもないのだ。

「……ミュセル、具合悪かったりとかする？」

「え？　いえ」

「そう……？」

僕の中で再び違和感がゆっくりと膨れていく。

そのとき――

「お腹《なか》空いたっすー！」

大声で賑《にぎ》やかにそう主張しながら食堂に入ってきたのはエルビアだ。

「何か先につまめるもの――って」

彼女は少し驚いた様子で立ち止まって、食卓の上に並べられた料理の皿を見つめる。

「もう揃《そろ》ってるんすか？　今日はずいぶん準備早いっすね⁉」

もともと燃費がものすごく悪いこの獣《ケモノ》っ娘《こ》は、夕食を待ちきれずに食堂や厨房《ちゅうぼう》にやってきて、ミュセルに何かないかとねだることが多いらしい。

しかしエルビアがこういう反応をするってことは、ミュセル、彼女には夕食の準備ができたと伝えていなかったことになる。そして彼女のいつも座っている場所にもフォークやナイフは置かれていない。

つまりミュセルは、エルビアを夕飯の同席者として数えていない？

でもそれは何故――

「いつもこれぐらいの時間に夕飯だと、嬉《うれ》しいんすけどね」

エルビアはいつも通りに元気よく椅子へ腰を下ろすと、もう待ちきれない、といった様子で顔を前に突きだして、料理の匂いを嗅ぐ。まずは匂いから堪能《たんのう》するのがエルビアの食事作法というか、いつものことで――こういうところは本当に人狼《じんろう》というか、半獣人なんだなあと思わせられる。

ただ……

「……あれ？」

エルビアはふと訝《いぶか》しげな表情を作った。

「どうしたの？」

「あ……えっと」

エルビアは困惑の表情を浮かべて、僕と、ミュセルと、それから食卓に載せられた料理の間で視線を右往左往させている。

「その……変な匂いが……」

「変な匂い？」

「どこから？」

「その……」

光流《ヒカル》さんに問われてエルビアがおずおずと指差すのは、食卓の上の料理だった。

「………」

思わず顔を見合わせる、僕と美埜里《みのり》さん、光流さん。

僕達は別段、おかしな匂いなど感じていない。改めて鼻に意識を集中してみても、やはりことさらに『変』だと言えるような臭気は感じ取れなかった。

半獣人のエルビアだから感じ取れる匂いの違和感か。

それとも単なる彼女の気のせいか。

でも――

「どうかされたんで？」

そんなことをしていると、食堂に人の集まる気配を感じたのか、ブルークとシェリスがやってきた。

「いやね、エルビアがなんか変な匂いがするって……」

「匂い？」

　ブルークがそう聞き返した――瞬間。

「ブルーク！」

　珍しく緊迫した声で――初めて聞いた――シェリスが叫んだ。

　彼女は椅子に腰掛ける直前、腰を浮かしたまま動きを止めている。まるで自分のすぐ側《そば》に致命的な罠《わな》があるのだと気付いたかのように。

「…………」

　ブルークもまた動きを止めて――それから彼はおもむろに卓上の料理に手を伸ばした。

　僕達には何も言わず、無言でだ。もちろん、お腹《なか》がすいていて我慢できないからつい、なんてことでないのは見ていれば分かる。そもそもブルークには僕達向けの食事など、美味《おい》しくもなんともないだろう。

「……まさか」

　彼は指先ですくい取ったその料理を鼻先に持ってきて匂いを嗅ぐと、さらにその牙だらけの口からちょろりと長い舌を出して、舐《な》めた。

「ブルーク？」

「旦那様、料理から――いや、食卓から離れてくだせえ」

　低い声でブルークがそう言ってきた。

「え……？」

「他の皆様もです」

とシェリスがさらに硬い声で言い添える。

普段、リザードマンのこの夫婦は、あまり感情が表に出ない。というより人種の——生き物としての身体の造りの違いもあって——彼らの感情表現と僕らの感情表現がかなり異なっているのだ。だから僕らにはブルークもシェリスも大人しいというか、喜怒哀楽が薄いようにすら見えてしまう。

なのに今の彼らは、緊張しているのがはっきりと分かる。

空気が違うというか——それだけ二人とも、真剣なのだ。

「ど、どうしたの？」

「毒が入っておりやす」

僕の問いにブルークはとんでもないことを言い出した。

「ど……毒⁉」

毒。ポイズン。つまり飲んだら死ぬやつ？

いや、毒にもいろいろあるだろうから致死性のものとは限らないだろうけど……でも、ブルーク達のこの緊張っぷりは、ただごとではない。

「て、てかブルークは⁉　大丈夫なの⁉」

「あっしらには効きやせん」

あっさりとブルークはそう言った。

「もともと——昔人間と敵対していた頃に、リザードマンが使っていた毒ですから」

と付け加えるのはシェリスだ。

リザードマンの使っていた毒？

それって毒蛇とかの毒みたいなものなのだろうか？　それともリザードマンの間だけに伝わる秘伝とかがあるのか。いずれにせよ、対人間用に——それもおそらくは戦争で使っていたということは、相当に致死性の高いものであるはずだ。

「だから人間には——それから人間と身体の造りの近いエルフ、ウェアウルフなんかにはもろに効きやす。舐《な》めるだけでも危ねえんで、料理には触らないでくだせえ」

「たぶん、すべての料理に入っています」

「——!?」

信じ難いことだけど、ブルークやシェリスがここでこんな嘘《うそ》をついてもなんの得にもならない。

でもすべての料理に毒が入っているとすると、それは、皆が見ていないわずかな隙に毒をふりかけるとか、素材の中にあらかじめ仕込んでおく、なんて方法では無理だろう。

それって……つまり。

「毒って……ミュセル……？」

呆然《ぼうぜん》とした口調で呟《つぶや》くのはエルビアだ。

その一言に触発されて、僕らの視線はミュセルに集中する。

それまで黙って料理を見つめていた彼女は、僕らの目が自分に向いていることに気付くと、慌てた様子で立ち上がり首を振った。

「ち、違います！　私じゃありません！」

「そ……そう……」

そうだよね。

ミュセルがそんなことするはずない。

そんなことあり得ないんだ。

でも――だったら誰が？

「旦那様！」

戸惑う僕に駆け寄ると――そのままミュセルは僕の胸に飛び込んできた。

「ミュ、ミュセル⁉」

「信じてください！　私はそんなこと……」

「や、あの、ちょっ……⁉」

僕の胸に顔を埋《うず》めながら無罪を訴えてくるミュセル。

いやあの。そんなふうに抱き付かれたら、もう僕のギャラクシーがアレしてコレして有頂天な感じでですね？　この緊迫した空気の中でそういうのはちょっと――

「旦那様……！」

ミュセルが顔を上げて上目遣いに僕の顔を見つめてくる。

紫の瞳には涙が浮かび、白い頰《ほお》を紅潮させ、彼女は必死の表情を浮かべている。なんだかそんな彼女が妙に色っぽくさえ思えて、僕は——って、本当、節操ないな、僕も！

「どうか、どうか私を信じてください、私が愛する旦那様を毒殺しようなどと——」

ミュセルはそう言って僕の身体にしがみつくかのように腕を回してくる。

背中を這《は》い回る、彼女の手の感触を覚えながら——

「…………」

僕はミュセルの両肩に手を置いて、彼女を引きはがした。

「旦那さ——」

「……君……誰？」

「え……？」

潤んだミュセルの目が、驚きに大きく見開かれる。

僕がそんなことを言うなんて——僕にそんなことを言われるなんて、思ってもみなかった、という感じだ。まるで信じていた何かに裏切られたかのように、ミュセルの表情は恐怖と絶望に強張《こわば》っていた。

いや。違う。

これはミュセルじゃない。

少なくとも今喋《しゃべ》っているのは、僕の知っているミュセルじゃない。

「わ、私はミュセル・フォアラン——」

「違うよ」

僕はそう言った。

そもそもミュセルはこんなにあざとい真似はしない。できない。自分の身の潔白を訴えるためといっても、いきなり僕の胸に飛び込んできたり、抱き付いてきたりしない。ましてや場の勢いでもなんでも、いきなり『愛する旦那様』なんて言葉、口にしない。それができるようなら、そもそも、先日のようなぎくしゃくしたやりとりを僕とする必要なんてなかったはずなのだ。

『好き』の一言すら、自分の立ち場や生い立《おた》ちを気にして、言うのを躊躇《ためら》う子なのだ。

そもそも――

「おかしいとは思ったんだ」

僕は食卓の方を見て言った。

「どうして料理が、人間用しかないの？」

「え……？」

ミュセルが――ミュセルのふりをしている何者かが驚きに凍り付く。

「ウェアウルフやリザードマンは味の感じ方が僕達とは少し違う。だからミュセルはいつも、種族別に調理法や食材を変えて料理を作ってくれていた。だけど今日は人間用の料理しかない。それどころかエルビアやブルーク、シェリスの分の食器すらない」

そう。おそらくミュセルを騙《かた》る何者かは、僕達が――この屋敷の者が、主人だの使用人だのの区別なく、種族の区別もなく、皆一緒に食卓について夕食をとる、ということを知らなかったのだ。

だから当初、ミュセルは僕達と一緒に食卓につかず、壁際に立っていた。

確かに一般的に――このエルダントでの常識から考えれば、それが普通だ。

ただ……

「……旦那様」

そう言って僕を見つめてくる彼女は――本当に、見た目だけならば今もミュセル本人にしか見えない。黙って立っているだけならば、偽者とは見抜けなかっただろう。

それともこのミュセルは、肉体は本物で、誰かに意識を乗っ取られているとか？

「――慎一君《しんいち》！」

突然僕は、美埜里《みのり》さんに後ろから襟首を摑《つか》まれて引きずり倒された。

「ぐえっ⁉」

襟が喉に食い込んで、潰れた変な声が漏れる。

そんな僕の目の前を――銀色の光が横切った。

「――⁉」

――それは、ミュセルが僕に向かって横なぎに振るったナイフだった。

床に尻餅をついた僕は、目の前の出来事が信じられなくて、全身が麻痺《まひ》しているかのように動けない。

「ちっ」

ナイフが空振りしたから——おそらくは僕の喉笛を掻《か》き切るのに失敗したからだろう、忌々《いまいま》しげにミュセルが舌打ちをする。

舌打ち？　ミュセルが⁉

何？　何が起こってるの？

そもそも、あんな刃物、いったいどこに隠し持っていたのか。いや。それよりも何よりもミュセルが、僕を？　でもこのミュセルはミュセルじゃなくて——ああ、わけがわかんない！

「立って！」

美埜里《みのり》さんが僕の腕を引っ張って立ち上がらせると、守るように前に立つ。

光流《ヒカル》さんも、身構えるブルークとシェリスさんに左右を挟まれるような形で、守られている。さすがの彼も驚いて表情が引き攣《つ》っているのが見えた。

そして——

「ミュセル！」

視界の端で何かが動いた。

エルビアだ。彼女がミュセルに向かって飛び掛かっていた。

「このっ！」

ミュセルが突き出すナイフを、身を沈めて避けたエルビアは、そのまま彼女の右手を下から叩《たた》いてナイフを吹っ飛ばす。勢いよく宙を飛んだ凶器は、その鋭利な尖端《せんたん》が天井に刺さって、止まった。

「いったい、どうしたんすか⁉」

混乱しながらも、エルビアはミュセルを取り押さえようと、彼女の両手首を摑《つか》む。

しかし……ミュセルは両手を封じられながらも、右膝を上げて——それからエルビアに向かって蹴りを繰り出していた。普段のミュセルからは信じられないくらいに、俊敏で、躊躇《ちゅうちょ》も容赦もない攻撃だ。

メイド服のスカートが勢いよくはためいて、エルビアの視界を遮る。

そのせいか、蹴りはもろに彼女の鳩尾《みぞおち》に入った。

「げっ——」

短い呻《うめ》きを漏らしながら、エルビアは両手を放して、後方に吹っ飛ぶ。

間髪入れずに、ミュセルは両の掌をエルビアに向けて構えていた。

「〈疾風の拳《ティフ・ムロッツ》〉！」

おそらくは両手首を摑まれた時点から呪文詠唱をしていたのだろう。

強烈な風が駄目押しの如くエルビアに叩き付けられる。運動神経抜群の獣《ケモノ》っ娘《こ》もさすがにこれを回避することはできず——エルビアはさらにすっ飛んで、壁に叩き付けられた。

「ぐえっ……」

「エルビア！」

思わず彼女の名を呼んで駆け寄ろうとする僕——しかし、視界の端で、ミュセルが僕の方に両手を向けるのが見えた。

「〈疾風の拳《テイフ・ムロッツ》〉！」

初歩の術とはいえ軍用の攻撃魔法だ。

不安定な体勢だった僕は、エルビアと同様、強烈な風の一撃を叩《たた》き付けられて宙を飛んでいた。近くにあった椅子を巻き込みながら壁際まですっ飛ばされ、そこで壁に激突、衝撃で肺の空気を残らず絞り出されてから、床に落ちた。

「ぐ……は……」

肺が空っぽで、悲鳴すらまともに出ない。

背中が痛い。胸が苦しくて頭がぐらぐらする。

自分の身体がどうなっているのかすら、よく分からない。

「…………」

痛みで真っ赤に染まる視界。

その片隅で、やはり倒れている美埜里《みのり》さんの姿が見えた。どうやら僕を庇《かば》おうとして、〈疾風の拳《テイフ・ムロッツ》〉に巻き込まれたらしい。〈疾風の拳《テイフ・ムロッツ》〉はある程度の威力調節ができる魔法だけど、どうやら、ミュセルは最大出力でぶっ放したらしかった。そうでもなければ美埜里さんがやられちゃうはずもない。

「ミュセル！」

「…………」

ブルークが光流《ヒカル》さんを護《まも》りながら叫ぶ。

彼もエルビアのようにミユセルに飛び掛かろうとしていたみたいだけど、素早く駆け寄ったミユセルが、足を倒れた僕の首にかけるのを見て、動きを止めた。

——動くな。動けばこのまま一気に首の骨を踏み折るぞ。

そういう意思表示だとブルークも気付いたのだろう。

ミユセルの右足が僕の喉の上に力を掛けてくる。

僕を見下ろす彼女の目は——ぞっとするほどに冷たかった。

「…………」

ああ、女王様、ご褒美ありがとうございます…………ではなくて！

やばい。やばいやばいやばい。

「ミユセル……」

僕はぜえぜえと荒い呼吸を繰り返す合間に言った。

「パンツ見えてるよ……？」

いや、そういうことでもなくて！　何言ってんだ僕は⁉

ミユセルも全然動揺しないし！　思いっきりスベってるよ⁉

「…………」

ミユセルはすぐ側《そば》にあった食卓に手を伸ばすと、そこに置かれたままになっていたナイフを改めて手に取った。さきほど、天井に刺さったそれに比べると、もちろん、食器であ

るそれは鋭利さに欠けるけれど……それでも力を込めて急所に振り下ろせば、充分に殺傷力を発揮するだろう。

しかも……

「…………」

ミユセルはそのナイフをまず、放置されていた料理に突き刺した。

あの、舐《な》めただけでも——そしておそらくは、傷口に触れるだけでもやばいと思われる、猛毒の入っている料理に。なるほど、切れ味は鈍くても、こうすれば殺傷力は桁違いに跳ね上がるだろう。

やばい。本当に殺す気だ。

「ミユセ……」

ミユセルはやはり無表情に、僕を見下ろしている。

まるで路傍の石を眺めるかのように。

「…………」

僕は涙が出てきた。

こんなミユセル——見たくない。

僕の知っているミユセルは、気弱で、自分に自信がなくて、でもいつも一生懸命で、誰にでもすごく優しくて、何より笑顔がものすごく可愛くて。

少なくとも、こんな冷たい目をして、誰かを見下ろせるような子じゃない。

死ぬのは嫌だけど。

それ以上に、人生で最後に見るのがこんな、冷たい目をしたミュセルだっていうのが、やたら、哀しかった。

「ミュセル……」

必死に、掠《かす》れた声で、僕は彼女の名前を呼んだ。

動揺するかのように、少し彼女の肩が揺れたように思ったのは、僕の気のせいだろうか。

そして――

まるで夢の中にいるかのように――何もかもが曖昧でした。

私はぼんやりと目に見えるもの、耳に聞こえるものを、受け止めるだけで、そこから何かをしたり、何かを考えたりすることすら、ひどく億劫《おっくう》になっています。

私は何をしているのでしょうか?

そんな疑問すら浮かべるのに、ひどく時間がかかりました。

見えるものには何もかも焦点が合わず、聞こえてくるのは言葉というより意味のない音ばかりで、自分がどうなっているのかすら分かりません。

ただ――

「ミュセル……」

その一言だけはわかりました。

ミュセル。

それは私の名前。

それを呼ぶのは………誰？

ゆっくりと、見えているもの、聞こえているものが、はっきりしてゆく感じがします。

深い深い水の底から、ゆっくりと浮かび上がるかのように、ひどく遠くにあって霞《かす》んでいたもろもろが近づいてくる――

「………？」

私は目を瞬《しばた》かせます。

シンイチ様。旦那様。

私の――ご主人様。

誰よりも大切なお方。

でも……

どうしてシンイチ様が足元に倒れていらっしゃるのでしょうか？　しかもシンイチ様の首が私の足の下にあって。まるで私がシンイチ様を踏んづけているかのようで――

そういえば。

私はどうしてこんなものを――ナイフを逆手《さかて》に持っているのでしょう。食事中だったのかもしれないけれど、これでは持ち方が逆で。まるで振り下ろして何かに突き刺そうとするかのような握り方で――

突き刺す。ナイフを。

何に？　誰に？

シンイチ様…………に？

（――殺せ）

誰かが私の頭の中でそう言いました。

（殺せ、ミュセル・フォアラン。殺せばその男は永遠にお前のものになる）

シンイチ様が、私の、ものに、なる。

私のものに。永遠に。

それは――…………とても魅力的なお話のようにも思えて。

（殺せ！　さあ、早く殺せ！）

でも、それは駄目なことです。

シンイチ様を殺すなんて――私には駄目です。できません。

そんなこと…………絶対に。

（殺せ…………！）

駄目です。できません。

私のその気持ちを示すかのように、ナイフを握った手が小刻みに震えています。シンイチ様を殺すなんて、私には、絶対に――

（…………いいだろう、では）

頭の中の誰かが言いました。

（右手を振り上げろ）

はい。それならば。

（それから、思いっきり振り下ろせ）

わかりました。

私は命じられるままにナイフを握った右手を振り上げます。

そして振り下ろす。簡単なことです。

振り下ろす先に――

「――!?」

そこにはシンイチ様のお身体があって。

私は、私の右手はナイフを――

「駄目ッ……！」

私はまるで他人のもののようになっている右手を止めようと、左手で咄嗟《とっさ》に摑《つか》みます。

しかし勢いのついていた右手は止まらず、ナイフの切っ先はシンイチ様のお身体を――

「やめっ…………」

どん！　と雷鳴のような、耳を叩《たた》くかのような大きな音が響きました。

同時に私の手に痛みが走ります。よろめいた私はシンイチ様の横に倒れこみ——しっかりと握っていたはずのナイフは吹っ飛んで床に転がりました。同時にその手の痛みをきっかけとして、私の頭に覆《おお》いかぶさっていた何かが、はがれ落ちていくのを感じます。

銃で撃たれた。それが分かりました。

正確には撃たれたのは私自身ではなくナイフです。私の手は痺《しび》れたような痛みが残っていますが、血を流している感じはありません。

おそらくはミノリ様が、咄嗟に——

「…………！」

急に何もかもがくっきりと形を取り戻して。

ばらばらで意味のなかったもろもろが、互いに噛《か》み合わさって意味を持って。

自分が何をしていたのかも分か——

「シンイチ様⁉」

私は傍らのシンイチ様を振り返ります。

そのお顔に——頬《ほお》に、小さな傷がついているのに気が付いて、私は悲鳴を上げました。

「いやっ——シンイチ様⁉」

私がしたのです。私がしたことなのです。

この私が、私の右手が、猛毒のついたナイフで、シンイチ様を——

「ミュセル……？」

シンイチ様が私の名を呼んでくださいました。

「……元に戻っ…………よかっ…………」

「シンイチ様!!」

このままではシンイチ様が死んでしまう。

なんとかしないと。なんとか。

毒を——毒を取り除かないと。

「…………！」

私はシンイチ様に覆《おお》いかぶさると——その頰《ほお》にできた傷に唇をつけて、血を吸い出しました。口の中に吸い出した血を溜《た》めて、吐き出して、それからもう一度、頰に唇をつけてまた血を吸い出す——それを繰り返します。

「ミュセ…………」

「…………」

軍にいた頃に、毒については最低限のことを教わっています。

毒が致命的な力を発揮するかしないかは基本的に『量』が問題になります。毒には致死量というものがあって、それに達して初めて、致命的な効果を表すのだと。逆に薄めた毒は、薬になる場合もあるという話を、教わりました。

傷口から毒の混じった血を可能な限り吸い出せば、致死量を割ることができるかもしれ

ません。今の私にできることと言ったら、それだけでした。

だから——

「ミュセル」

誰かが背後から私の名を呼んで、肩を摑《つか》むまで、私は何度もシンイチ様の頰の傷に口をつけては、血を吸い出し、吐く、これを繰り返していました。

「ミュセル、もういいから、どいて」

そう言って私をシンイチ様から引きはがしたのは、シェリスさんでした。

「それより、これを」

そう言ってシェリスさんが食器を一つ差し出してきます。

器には何か血のような赤い液体が——

「私の血。毒を殺してくれるはず」

「俺達にその毒が効かないのは、もともと俺達の血に毒の効果を殺す力があるからだ。もともとその毒はリザードマンのある一族の毒腺から——」

ブルークさんの説明を最後まで聞く余裕もなく、私はシェリスさんから食器を受け取ると、彼女のくれた血を口に含み——

「…………」

シンイチ様の唇に私の唇を合わせて——血を流し込みます。

効いて。どうか効いて。

シンイチ様――死なないで。お願いですから死なないでください。
私はただそれだけを念じて……毒のせいか、小刻みに震え始めたシンイチ様のお身体を、抱きしめました。

気が付くと、僕は居間のソファに寝かされていた。

どうも少量ながら毒が入ってしまい……昏睡《こんすい》していたらしい。

こっちの世界の毒、それもリザードマンの毒腺由来の毒が、どういう代物《しろもの》なのかは僕も詳しくは知らない。しかし、ミュセルが大半を吸い出してくれたうえ、毒消し効果があるというシェリスの血を飲ませてくれたらしいのだけど――それでも数分、気絶していたところをみると、恐ろしく即効性のある猛毒のようだ。

何も知らずに料理を食べていたら……どうなっていたことか。

いやもう本当に九死に一生を得るというやつだ。

で……

「あの……ミュセル？」

意識を取り戻した僕がとりあえず周りを見回すと……ソファのすぐ脇で、床にミュセルが土下座しているのが見えた。

「……って、何やってんの？」

「わ、私……私は……」

額を床に擦《こす》り付けたまま――ミュセルは平伏状態から顔も上げない。

とても合わせる顔がないといった様子で……なんと言うか、謝られているこちらとしては、見ているだけで、いたたまれない気持ちになってくる。なんだか僕の方が彼女にひどいことを強《し》いているような気分だった。

「……大変な……ことを……」

要するに僕達を毒殺しようとしたことを、詫《わ》びているらしいのだけど。

「いったい、何があったの？」

どうやら料理に毒を仕込んだり、ナイフで僕を攻撃してきたのは、偽者ではなくミュセル本人だったみたいなんだけど。朧気《おぼろげ》ながら、僕の頬《ほお》の傷口から毒を吸い出したり、シエリスの血を飲ませてくれたのは覚えているから、ミュセルが突然、心変わりをして僕を殺そうと思ったってわけでもないみたいだし。

……って。

えと。あの。

口移しで血を飲ませるってことは、その、つまり。

ええといわゆる一つの――これが、これが僕のファースト・キ……

ひゃあああああああああ？

ミュセルと？　しちゃった？　マジで⁉

いや、相手がミュセルなのは願ってもないことなんだけど、ああでも、くそ、毒のせいではっきり感触とか覚えてない！　ひどいよ！　レモンの味どころか血の味だし！　いや毒消し効果のある血をくれたシェリスには感謝してるけど！　とにかくやり直しを要求する！

……などとどこかの神様に僕が胸の内で文句を言っていると。

「……ミュセル」

平伏したまま震えている――恐怖のあまりに歯の根が合わないのか、かちかちと音までしている――彼女の脇に膝をついて、美埜里《みのり》さんが優しく声を掛けた。

「大丈夫。分かってる。貴女《あなた》が慎一《しんいち》君を殺そうとするはずがない」

「…………」

ミュセルが、そこでようやく顔を上げる。

相当泣いたのか、しゃくり上げる彼女の両目は、真っ赤に腫れていた。

「だからこそ教えて。何があったの？」

「何が……？」

ミュセルは潤んだ目を瞬《しばたた》かせて何やら考え込む表情を示した。

そして――

「あ……あの……私、屋敷の外で、占い師に会って……。その人が水晶で私を占ってくださるとおっしゃって、水晶を見つめて、そしたら……」

「……暗示や催眠……あるいは精神支配系の魔法の類いでしょうか?」

美埜里《みのり》さんの後ろで腕組みしながら光流《ヒカル》さんが言った。

「そういうのがあれば、ですけれど」

そうか。魔法——精神支配の魔法。

それならばミュセル本人がいきなり僕を殺そうとしたのも筋が通る。彼女の意思ではなく誰か他人が僕を殺そうとしていて、ミュセルはその道具として使われただけなのだ。

「そういえば、〈疾風の拳《テイフ・ムロッツ》〉とか発火の魔法とかは見たことがあるけど、精神支配とかそっち系の魔法って見たことがないよね。そもそもあるんだろうか? あ、でも魔章指輪があるってことは、精神に作用する魔法もあるにはあるんだよね?」

「誰かの心を操る類いの魔法は、エルダントにはあまり……」

と言ったのはブルークだ。

「ただ、ツェルベリク王国では伝統的にそういう系統の魔法があって、亜人種支配に使われているって話を、聞いた覚えがありやす」

「……亜人種支配……」

もともとツェルベリク王国は、国全体で亜人種への差別意識が強い国だ。だけど差別があるということは、逆に言えば一定数の亜人種がツェルベリク王国にもいるということであり、彼らがひどい扱いを受けた場合に、我慢の限界に達して暴れ出す、なんてこともあり得るだろう。

それを抑え込むために、適宜、そういう魔法をツェルベリクの国民は使うことがあるらしい。

いわば実体のない奴隷の鎖だ。

「ツェルベリクの……」

「待って、まだそうと決まったわけではないでしょ」

美埜里《みのり》さんが言った。

「これは立派な暗殺、謀殺の類いよ。私達の一存で片付けるわけにはいかないでしょう。こっち側の世界の人間が関わっているなら、なおさら。場合によってはエルダントとツェルベリクの外交問題にもなりかねないし」

美埜里さんは、ミュセルの腕を引っ張って彼女を立たせながら言った。

「とりあえず城に行きましょう。万が一、慎一《しんいち》君を殺したいと思っている勢力が、なりふり構わず人数を投入してきたら――それこそ屋敷に火でも放たれたら、私だけでは守り切れない。逆に城なら、人の目も多いでしょうから、暗殺の類いはしにくくなるはず」

「分かりました、支度――します」

僕はまだ若干の息苦しさを感じる身体を叱咤《しった》して――ソファから立ち上がった。

そういうわけで。

ブルークがひとっ走りして呼んできてくれた羽車に乗り、僕達は城に向かうことになった。

乗っているのは僕と光流《ヒカル》さん、それに護衛役の美埜里《みのり》さんとエルビア。それに事情の説明が必要ということで、ミュセルも一緒だ。暗殺が失敗した以上、証拠隠滅のためにミュセル自身も狙われる可能性があった。

ともあれ――

「ブルークとシェリス、大丈夫かな……」

羽車の客車の中――足元から這《は》い上がってくる振動を感じながら、僕は呟《つぶや》いた。

羽車に乗れる人数が限られていたことと、『犯人』が屋敷へ戻ってこないとも限らないということで、見張りのためにブルークとシェリスは屋敷に残ることになった。

「大丈夫よ」

僕の呟きに答えるのは、拳銃を手に持って隣に座っている美埜里さんだ。いつまた襲われるとも限らないからだろう。彼女はホルスターに入れず、拳銃を常時握った状態だ。足元には9ミリ機関拳銃や、発煙筒、その他の入ったケースも置かれている。ケース自体が防弾性を持っていて、盾にもなる代物《しろもの》である。

完全に臨戦態勢だった。

ちなみに僕はミュセルと美埜里《みのり》さんに挟まれる形で座っていて、光流さんとエルビアは向かいの席に並んでいる。

「リザードマンに効かない毒を使っている時点で、『犯人』はブルーク達を殺すつもりはなかったでしょうし。うちの屋敷ではそもそも主人と使用人が同じ食卓で一緒に食事をするってことを知らなかった——というか発想がなかったんでしょうね」

「……じゃあ、やっぱりツェルベリク王国の人間が？」

「エルダントでも普通は、主人と使用人は一緒に食事しないでしょ」

「……はい」

美埜里さんに問われてミュセルが頷《うなず》く。

「だから、断言はできないわよ。精神支配の魔法にしたって、技術なんて他国に流出しても不思議はないし……そもそも『証拠』がないし」

「あ……そうか」

精神支配系の魔法は、当たり前だけど、物理的な痕跡を残さない。

だからなんの物的証拠もないのだ。ミュセルが操られていた、というのはあくまで彼女自身の証言と、普段の言動からの推測に過ぎない。むしろミュセルがなんらかの理由で僕に殺意を抱いて殺しにかかったのだ、と言われても否定する客観的な根拠が——ない。

「おそらく……『犯人』は『主人の横暴に耐えかねた亜人種の使用人が、人間を皆殺しにした』って筋書きを用意していたんでしょうね。エルビアがいてくれたおかげで、私達は毒入りの料理を食べずに済んだけれど」

「…………」

びくりとミュセルが身を震わせる。

その毒入り料理を作ったということで、自分を責めているのだろうか。

「ミュセル——大丈夫、君のせいじゃないから」

僕は、一瞬、躊躇《ためら》ってから……いやもう彼女いない歴イコール年齢のキモオタですから、並々ならぬ覚悟が要《い》るのです……ミュセルの手を握った。

「シンイチさま……」

潤んだ瞳で僕を見つめてくるミュセル。

いつもの笑顔の彼女も可愛いけれど、泣き顔のミュセルも、これはこれでもう、萌《も》えずにはいられないというか、愛らしくてきゅんきゅんしちゃう。

それはさておき——

「エルビアがいること——知らなかったんでしょうか？」

と光流《ヒカル》さんが首を傾《かし》げて言う。

確かに——ウェアウルフが屋敷にいると分かっていれば、『犯人』はその嗅覚でバレてしまうような毒を使ったりはしなかっただろう。エルビアがことさらにウェアウルフの中でも嗅覚に優れている、というわけでもないみたいだし。

「あたしっすか？」

エルビア本人も首を傾げる。

「もしくはウェアウルフの嗅覚を侮《あなど》っていたか、だけど……」

と美埜里《みのり》さん。

『犯人』が亜人種に対して差別的な意識を持っている人間なら、まあ、確かにその能力を侮ってかかる、ということはあり得るかもしれない。

「そもそもエルビアは正規の使用人ではないでしょう？」

「ああ、なるほど」

と光流さんが頷《うなず》いた。

ミュセルやブルーク、シェリスさんは、建て前上、エルダント帝国が雇って、僕達の屋敷に配置してくれている使用人だ。おそらく、人事関係の記録や登録の書類があるはずだ。『犯人』がそれを見て暗殺計画を立てた――という可能性はある。

「バハイラムへの手前……堂々とエルダント側が『雇ってる』形にはしてないでしょうし、記録としてはエルビアは、屋敷に住んでいることにもなっていないでしょうから」

もともとエルビアは〈アミュテック〉の活動を探りに来たバハイラム王国の密偵《スパイ》だ。

なんだかんだで彼女は僕達の側についてくれているけれど、表向きは、バハイラムの密偵という立ち場もまだ『活きて』いる。二重スパイ的に彼女を扱うことで、エルダントにも利がある、というふうに僕がペトラルカやガリウスを説得したからだ。

　要するに、僕達はエルビアと一緒に住んでいるけれど、公式の書類上では、彼女は存在しない――というか、たまたま軒下に野良猫や野良犬が住み着いている、程度の扱いになっているのだ。

「エルビアがいてくれて助かったよ。本当」

「いやぁ、照れるっす」

てへへ、と笑いながら後頭部を掻《か》くエルビア。

「とにかく、毒殺は失敗した」

　状況を整理しようというのだろう、美埜里《みのり》さんは何かを暗誦《あんしょう》するような、抑揚を欠いた口調でそう言った。

「だから『犯人』は慎一《しんいち》君だけでもと狙った。その後ミュセルを口封じしてしまえば、何かで主人に恨みを抱いていたメイドが、毒殺を計画。しかし失敗して計画が明るみに出てしまい、逃げられないと悟ったメイドは、自分も死んで、事件は終了……プランBの脚本《シナリオ》は、こんなところでしょうね」

「あくまで、犯人は屋敷の中の者ってことに、したかったと」

　と光流《ヒカル》さんがまとめるように言った。

「……ブルークやシェリスではなく、実行役にミュセルを選んだのは……あるいは痴情のもつれとかそんな感じの筋書きだったのかも？」

「ち、痴情のもつれって……」

　生々しい言い方である。

「ミュセルと慎一さんが『できて』いた。だけども身分の違いなのか何なのか、二人は表立って恋人同士になることはできない、結婚もできない、ならばいっそ——と。無理心中ですね」

「なんでそんな。そんな設定付け加えて、誰が得するの」

　ひどい目に遭わされた使用人が主人を恨んで殺した、で充分だと思うけど。

「皇帝陛下はどう思うでしょうね？」

「……え？」

　ペトラルカがどう思うって……

　それってミュセルが言っていた、『ペトラルカが加納《かのう》慎一を異性として好き』って話に繋《つな》がったりするのだろうか。正直、ないと僕は思っていたのだけれど、それが本当だったとしたら——

　ペトラルカは加納慎一が好き。

　その加納慎一が使用人であるミュセルと、その、なんだ、まあ、そういう関係で。

　結果、ミュセルが無理心中を図って、加納慎一とミュセルは死にました。

　となると……

　…………

「より、ルーベルト王子との結婚に抵抗を感じなくなるのでは、と」

「……！」

やっぱりツェルベリク王国が？

でもこれもただの推測に過ぎなくて――何も証拠はない。

いずれにせよ、今は城に行って事件の詳細をペトラルカ達に報告するのが先だ。ツェルベリク王国が絡んでいるにせよ、絡んでいないにせよ、国賓扱いである僕達の暗殺事件となると、エルダント側の沽券《こけん》にも関わることであるだろうし。

そんなことを僕が考えていると――

「……あの」

エルビアがふと何かに気付いた様子で首を傾《かし》げる。

「どうしたの、エルビア？」

「道……違わないすか？」

「……え？」

「アタシは、あんまりお城の方には行ってないんで、はっきり道を覚えているわけじゃないんすけど――森の方に逸れていってるような？」

言われて僕は窓から外を確認する。

確かに、そろそろ外の風景は城下町のそれに変わっていてもいいくらいなのだけど、まだ、見えるのは暗い夜の森の姿ばかりだ。

もっとよく確認しようと僕は座席から腰を浮かす。

その瞬間――

「うわっ！」

「……！」

羽車が激しく揺れた。

他の皆は座ったままだったので、大丈夫だったのだけれど――僕は腰を浮かせていたせいで姿勢を崩し、ミュセルの方に倒れ込んでしまった。

「わぷっ――」

何か柔らかいものが倒れる僕の顔を受け止めてくれる。

柔らかいもの？

それは当然――

「――！　あ、ご、ごめ……」

「い、いえ……」

慌てて身を離す僕に、ミュセルが俯《うつむ》きながら首を振った。

頰《ほお》に残る彼女の胸の感触。

決して豊満というわけではないのだけれど、服の上からでも分かる、形の良い二つの膨らみに、僕は思いっきり顔を押しつけてしまったわけで。

おお……おおおお……

僕が感動に打ち震えていると、光流《ヒカル》さんが恐れるように言った。

「こんなときにもラッキースケベを忘れない……慎一《しんいち》さん、恐ろしい子……！」

「ラッキースケベなんだから、故意じゃないでしょ！　無罪だよ無罪！」

慌ててそう叫ぶ僕。

それはそれとして――羽車の揺れがおさまらない。

いや。むしろより激しくなってきて、車内のどこかを摑《つか》んでいないと、座席から放り出されそうな状態になってきた。

「い、いったいなんなんすか⁉」

そう言いながらエルビアは――尻尾のおかげか、揺れる車内でも危なげなく立ち上がると、客室と御者台《ぎょしゃだい》の間を仕切る壁の小窓を覗《のぞ》き込んだ。

「――――！」

エルビアが息を吞《の》むのが分かった。

「どうしたの？」

「御者がいないっす！」

「――――⁉」

それってどういうこと？

エルビアに手伝ってもらって、僕も腰を浮かし小窓を覗き込む。

確かに、御者台の上は空っぽだった。しかも普段大人しく車を牽《ひ》いている大型鳥が、明らかに狂騒状態で暴走している。車体の揺れはこのためだ。しかもご丁寧に――大型鳥を扱うための手綱《たづな》が、切られている。

まずい。もう手が付けられない。

それに――

「シンイチ様！　大変っすよ！」

「いや充分すでに大変だけど！　これ以上何？」

「この先――崖っすよ⁉」

「ひぇっ……⁉」

ウェアウルフのエルビアは夜目が利くようで――羽車の向かっている先で、地面が途切れているのに気付いたらしい。

美埜里《みのり》さんの決断は素早かった。

「仕方ない――」

彼女は車内の一同を見回してから、羽車客室の扉を内側から蹴り開く。

どれほどの脚力なのか、それとも技がすごいのか……とにかく、ばん！　と音がして扉は蝶番《ちょうつがい》ごと吹っ飛んでいた。切り取られたように生じた空白の向こうに、ものすごい勢いで流れていく夜の森の情景が見える。

「飛び降りるわよ！」

「こ、ここからですか⁉」

驚きの声を上げる光流《ヒカル》さん。

まあ当然と言えば当然の反応だ。今の羽車の速度は、相当なもの——たぶん、時速五十キロかそこら、つまり自動車のそれに近い。地面は固いアスファルトと異なるとはいえ、上手く受け身をとれなければ、骨折してもおかしくない。頸骨《けいこつ》や背骨など、部分によっては致命的だ。

もちろん、崖から羽車ごと落ちるよりは、まだ助かる可能性は高いだろうけども。

しかし——

「ミュセル、魔法で、一瞬でいいから、スピード緩められない⁉」

「は……はい！」

美埜里《みのり》さんに言われて、ミュセルが急いで呪文詠唱を始める。

それを耳にして僕は彼女が何をしようとしているのかを理解した。

お馴染《なじ》みの〈疾風の拳《ティフ・ムロッツ》〉だ。彼女が使える魔法は種類が限られているので、これは不思議でもなんでもない。ただ使い方がいつもと違う。魔法効果の発生点と方向が違う。

これは——

「「〈疾風の拳《ティフ・ムロッツ》〉！」」

ミュセルの意図を察した僕も大急ぎで呪文詠唱して追いついた。

二人の使った魔法が暴走する羽車の真正面に発生した——それも逆向きに。

がん！　と衝撃に羽車が揺れて、しかし次の瞬間、目に見えて速度が緩む。

要するに僕達は……羽車の一メートルばかり前方に、自分達の方向に向けて〈疾風の拳《テイフ・ムロッツ》〉を発生させたのだ。もちろん、普通ならば自分達の方に向けて攻撃用の魔法を使うなど、自殺行為そのものだ。しかし今は――放たれた二発の〈疾風の拳《テイフ・ムロッツ》〉は、羽車の速度を相殺《そうさい》する形で作用したのである。

「今よ！」

「で、でも……」

美埜里《みのり》さんの叫びに、しかしなおも躊躇《ちゅうちょ》の表情を見せる光流さん。

やっぱり当然の反応ではある。いくら緩んだといっても、羽車の速度はそれなりにあるし……光流さんは動きにくそうな、ふわっとしたスカートのゴスロリ衣装のままだから、上手く着地できるかどうか不安なのだろう。

しかし躊躇《ためら》っている暇はない。

たぶん、もう崖は目の前だ。

「エルビア！」

僕は彼女に向けて叫んだ。

実のところ――僕は似たような状況をすでに日本で経験している。

疾走する自動車から自動車へ飛び移るような曲芸も、ウェアウルフの彼女には可能だということを知っていた。そしてエルビアもその経験から自分に求められることをとっくに察していたのだろう。彼女は腕を伸ばして光流さんの身体を抱き締めた。

「失礼します、ヒカル様！」

「へ？　ひゃあああ！」

光流《ヒカル》さんの悲鳴が真横に流れる。

エルビアが光流さんを抱きかかえたまま羽車から飛び降り――いや、飛び出したのである。彼女は地面に落ちるどころか、その強靱《きょうじん》な脚力で、光流さんを抱えたまま、数メートルを跳び、道の脇に生えている樹木の幹に『着地』――しなる樹木と両足で衝撃を吸収してから、安全に地面に降り立っていた。

さすがだ。

僕とミュセル、美埜里《みのり》さんも続けて羽車から飛び降りる。

さすがに僕らはエルビアみたいな真似はできなかったけれども――先に速度を緩めさせていたおかげで、骨折をすることもなく、身体を丸め、上手く地面に転がることができた。

最後の最後で道に埋まっていた石に背中をぶつけて、ちょっと痛かったけど。

「ぬぐぐぐ」

「シンイチ様、大丈夫ですか⁉」

「う、うん、ありがとう」

そんな僕の元へ、すぐさま跳ね起きたミュセルが駆け寄って来る。

差し出された彼女の手を握って僕も立ち上がり――傍らを見ると、美埜里さんは美埜里さんでとっくに立ち上がっていて、拳銃を手に周囲を見回している。少し離れたところでは、光流さんがエルビアに肩を貸してもらって立っているのが見えた。いきなりの曲芸に腰が抜けたのかもしれない。

　そして――

「羽車は⁉」

　僕達は、羽車の方を振り向く。

　そのときちょうど――羽車が視界から消えた。

　崖から落ちたのだ。

「………………」

　僕は咄嗟《とっさ》に崖っぷちに駆け寄って下を眺める。

　高さにすれば七、八メートルといったところか。

　そこには半壊した羽車と――大型鳥の姿があった。

　意外にも、大型鳥は二羽とも元気に暴れている。

　さすがに飛べはしないけれども、もともとが鳥……見た目よりも身が軽いのが幸いしたらしい。これが牛や馬なら間違いなく骨折していただろう。暴走させるために薬でも盛られていたのか、バタバタと暴れる大型鳥の近くには、ちょっと近寄れそうになかったけれども。

　いずれにせよ……あのまま羽車に乗っていれば、ただでは済まなかったろう。

「どうして暴れて……？　それに御者《ぎょしゃ》も……」

僕の隣から崖下を見下ろしながらミュセルが怯《おび》えたように呟《つぶや》く。

「犯人が御者になりすましていたか、途中で入れ替わったかしてたのよ。そして鳥に毒を盛るか、魔法を掛けて操ったあと、飛び降りて姿を隠した」

と美埜里《みのり》さんが言って寄越《よこ》す。

「僕達を事故死に見せかけるため……？」

「たぶん」

……って。待てよ？

『事故』は、暗殺の手段としては何かと都合が良くて、証拠も残りにくいけれど、毒殺や刺殺に比べると確実性を欠く。現に大型鳥は死んでいないし、僕らもなんとか対処ができた。

ならば……

「『犯人』は僕達が死んだことを確認するためにすぐ近くにいるんじゃ……？」

「――シンイチ様！」

光流《ヒカル》さんに肩を貸したままのエルビアが叫んだ。

「あっちに今、誰かいたっすよ！」

「……！」

咄嗟《とっさ》にミュセルが走り出そうとして――しかしその手を美埜里さんが摑《つか》んで止めた。

「ミュセル、貴女《あなた》はここにいて」

「で、でもっ」

ミュセルが顔を真っ赤にして異を唱える。

珍しいことだけど——どうも、彼女はものすごく怒っているらしい。

「あの占い師は、あの人は、わ、私を、私に、シンイチ様を——」

「気持ちは分かるけど、相手は明らかに暗殺の専門家よ。それに貴女は直接そいつの顔を見ているから、口封じに殺される可能性が高い。ここは私に任せて！」

早口にそう捲《まく》し立てながら、美埜里《みのり》さんは拳銃を構え直して、走り出す。

「ミノリ様——」

「ミュセルとエルビアは慎一《しんいち》君達の護衛を、お願い！」

そう言い残して——美埜里さんは、木々の間に凝《ここ》る闇の奥へと消えて行った。

木々の間を縫うようにして人影が走って行く。
夜間——しかも障害物の多い森の中ということを思えば相当な速度だ。おそらく相手は毒だけでは目的を達成できない可能性も考慮し、この場で事故を仕組むのも最初から想定していたのだろう。木々がどこにどう生えていて、どう走れば転倒せず最速で現場から離脱できるかをあらかじめ調べておいたのではないか。さもなくば——なんらかの魔法で暗視が可能になっているかだ。

いずれにせよ——このままでは見失ってしまう。

私は暗視装備を持ち合わせていないからだ。

「止まりなさい——止まれ！《ポースト》」

逃げる人影を追って走りながら——私は叫んだ。

聞こえてはいるだろう。一応、魔章指輪の効果範囲外という可能性も考慮して、エルダント語でも続けた。便宜的にエルダント語と言っているが、これはこちらの数ヵ国で基本文法や主要単語が共通の、いわば共通語なので、相手が外国人であったとしても、まったく通じないということはないだろう。こんな状況で追う側が叫ぶ言葉など、万国共通だろうし。

しかし……相手が立ち止まる気配はない。

「止まらなければ攻撃します！《フィ、ウオイ、トノード、ポースト、イア、カッタ、ウオイ》」

警告後、私は銃口を逃げる相手に向ける。

けれどやはり相手が止まる気配はない。相手が拳銃という武器を知らない可能性は充分にあった。ならば止まるはずがない。覚悟のある職業暗殺者ならなおさらだ。

仕方ない。

私は警告通り9ミリ拳銃の引き金を引いた。

夜間、森の中、相手は移動目標、しかもこちらは拳銃……順当に一発ずつ撃っていてはまず当たらないのは分かっていたので、私は三発を連射した。

耳を劈《つんざ》くような銃声が、冷たい夜気を震わせる。

閃《ひらめ》いた銃火《マズルフラッシュ》の先で、走る相手がもんどりうって転ぶのが見えた。

よし。当たった。一応、殺してしまわないようにと足元を狙っておいたのだが。

私は拳銃を構えたまま相手に駆け寄る。

そして――

「………………」

突如、相手が勢いよく地面の上を転がった。

脚を負傷してもなお、転がって逃げようということか？

それとも――

「――！」

嫌な予感。

咄嗟《とっさ》に掲げた9ミリ拳銃が、甲高《かんだか》い金属音を発する。

防ぐことができたのはまったくの偶然だった。闇夜で使うことを想定しているのだろう――黒く小さな、おそらくは手裏剣状の刃物が跳ね飛んで、傍らの幹に突き刺さる。殺傷力という意味ではあまり大したことはないだろうが……ひょっとしたら、例の神経毒でも塗ってあるのかもしれない。

いずれにせよ迂闊《うかつ》に近付けば、次の一撃を食らう。

それと理解した私は、反射的に駆け寄る速度を緩めていた。

その隙に――

「………………」

相手は脚を引きずるようにして立ち上がり、再び走り――いや歩き始める。

やはりまだ逃走を諦めていないらしい。

空気に血の匂いが混じっている。やはり私の放った銃弾は命中していたのだ。

にもかかわらず、この諦めの悪さ、敵ながら天晴《あっぱ》れというか、見上げた根性だとは思うけれど……ここまでやられて、こちらも見逃すわけにはいかない。

背中に一発銃撃、という手もあるにはあったけれど、万が一にも殺してしまってはまずい。この暗殺者は生かして捕らえたうえで、背後関係を洗いざらい吐いてもらわねばならないからだ。ただの犯罪と違って組織単位や国家単位の謀略は、根元の問題を解決しなければ、際限なく『次』が来るだけである。

「………………」

相手が走れない以上、さすがにもう見失う恐れはない。

私は9ミリ拳銃をホルスターに戻すと、私物として持ち込んでいる防刃グローブを手にはめる。防弾ベストにも使われるアラミド繊維で、カーボン・プレートと鉛粒を編み込んだ代物《しろもの》。包丁だろうが戦闘用ナイフだろうが、握って止めることもできる代物だ。当然、分厚いので、どうしても銃を操作するときには向かないのだけれど。

私は相手の体勢を確認し、その背後から飛び掛かった。

「――――!」

あるいは相手もこちらが格闘戦を挑むことは予想していたのだろう。

咄嗟《とっさ》に身を捻《ひね》って私を避《よ》けると――外套《がいとう》の下から何かを、私に向けて突き出してきた。

闇に溶け込むような漆黒に塗られた、それは、短剣。

「………………」

突き出された短剣を、私は避けた。

実のところ、不安定な体勢から放たれる短剣の突きは、さして恐ろしいものではない。

服や皮膚の表面で滑ってしまうことも多く、臓器まで届くような傷を負う可能性は低いのだ。ただし毒が塗ってあるとすれば掠《かす》り傷でも致命的である。

次々と相手は短剣を突き出してくる。

だがその動きは単調で――私の目から見れば無駄が多いし、何よりも踏み込みが浅い。

突き出した腕を摑《つか》まれるのを恐れてのことか、短いジャブのような突きを繰り返すばかりなのだ。相手の身体のどこかに傷をつけることさえできれば勝ち――というのなら、これもアリなのかもしれないが。

「………………」

相手は暗殺そのものが専門で、戦闘、特に格闘には不慣れなのかも。

私はあえて一歩踏み込む。

もちろん、相手は私に向けて短剣を突き出してくるけれど、私は防刃グローブに包んだ右手でこれを受け流し――同じ動きで上げた右肘を相手の胸に突き込んだ。

払って、殴る、ではなくて、払うと同時に突く、実戦格闘の肘撃ちである。

「げっ――」

胸を突かれて相手が短く呻《うめ》く。

よろめくその相手の、姿勢が崩れて伸びきった腕を摑むと、私は半回転――腰から背中を使って相手を跳ね上げると、摑んだ腕を引いて地面に叩《たた》き付ける。いわゆる背負い投げだ。

「がはっ――」

背中から地面に叩きつけられた相手は、短い悲鳴を残して、動かなくなった。

警察やそれに類する組織が、空手や拳法ではなく、柔道を主に格闘技として採用・奨励しているのは、刃物を持った相手に拳で殴るという戦法が危険だということもあるのだけれど――何より柔道の投げ技は制圧力が大きいからだ。一発、二発、殴られても耐えられる者はいるが、地面に投げ落とされれば、肺の空気を絞り出されてしまうこともあって、剛の者でも、しばらくは身動きができなくなる。

「………」

それでも念のためと、私は身構えたまま倒れた相手の様子を窺《うかが》っていた。

だが気絶してしまったか、動く様子がない。

もちろんそれも演技、つまりは私の油断を誘う罠《わな》である可能性はある――相手の反応に注意しながら歩み寄ると、私はゆっくり屈《かが》み込み、手を伸ばして外套《がいとう》の頭巾《ずきん》部分に手を掛けた。

頭部を覆《おお》い隠す布を一気にはがす。

すると――

「貴女《あなた》……」

現れたのは見覚えのある顔だった。

名前は知らないが――長い髪を後ろで一つにまとめた女性、同好の士だと思っていた、ルーベルト王子の従者だ。

やはり今回の一件は、ツェルベリク王国の差し金ということらしい。

光流《ヒカル》君の読み通り――ルーベルト王子は、皇帝陛下との婚姻話を進めるにあたって、慎《しん》一《いち》君を邪魔者だと判断したのだろう。だから彼を除《の》けようとした。無理心中に見せかけて。

「……残念ね」

私は苦笑してそう呟《つぶや》く。

せっかくこの異郷の地でも、腐女子仲間が見つかったと思ったのに。

でもとりあえずはこれで一安心。仲間がいるのだとしたら、とっくに出てきているだろうし、この暗殺者はおそらく単独行動だ。

私は立ち上がって背後を振り返る。

足音と気配で誰かが近付いてくるのに気付いたからなのだけれど――

「――え？」

私は思わず目を丸くして間の抜けた声を漏らしていた。

やってきたのは、慎一君だった。

「どうして？」

私の後を追いかけてきたのだろう。おそらく私の身を案じて。

本人にあまり自覚はないみたいだけれど、彼は妙に自分の身に迫る危険に鈍感というか――他人を気遣う気持ちがあるのはいいことなのだけれど、その結果として自分が危険に晒《さら》されることについて、あまり頓着しないようなところがある。勇気があるというより、自分自身への評価が妙に低いのだ。

護衛する身としては、非常に困った話である。

まあそれはさておき――

「慎一君、危険だから――」

「〈疾風の拳《ティフ・ムロッツ》〉！」

こちらの台詞《せりふ》を抑え込むように、慎一君がそう叫んで右手を向ける。

私に――ではなくてその脇、私の向こう側にいるツェルベリク王国の暗殺者に。

「えっ……!?」

慌てて振り返れば、暗殺者が外套《がいとう》をはためかせながら吹っ飛んで、木にぶつかっているところだった。唖然《あぜん》として見ている私の視線の先で、暗殺者はずるずると、幹を伝うようにして——地面に落ちた。

「し、慎一《しんいち》君、オーバーキルよ？」

いくら殺されかけたからって、もうろくに身動きのできない相手に攻撃魔法をぶちかますのは、あまりいいこととは思えない。

しかし……

「いえ、見てください」

慎一君が指差すのは、倒れている暗殺者——じゃ、ない？

「シンイチ様！」

慎一君を後から追いかけてきたのだろう、ミュセルと、そして光流《ヒカル》君を脇に抱えたエルビアも走ってくるのが見えた。

そして——

「……！」

慎一君の指し示す先を見た私は、腐葉土に半ば埋まるようにして小瓶が一つ落ちていることに気付いた。白い陶器製のもので——中身はよく分からないが、コルク状の蓋は外れて近くに転がっていた。

これは……

「毒だと思います」

慎一君は小瓶に歩み寄って、身を屈《かが》め――そこで何か思い直した様子で、ポケットからハンカチを取り出し、それで包み込むように小瓶を拾った。中身がなんであれ暗殺者の持ち物ならば証拠品になる。刑事ドラマか何かの場面を思い出して、直接触るのを避けたのだろう。こっちの世界に指紋照合の技術があるとは思えないけれど。

「なんだか取り出して顔の近くに持っていってましたから」

つまり気絶しているふりをして私を油断させ――視線が外れた隙に飲むつもりだったのだろう。おそらくは自決するために。

「ありがとう。それにしても、よく気付いたわね」

「負けた暗殺者が情報秘匿《ひとく》のために自決するのってよくあるパターンじゃないですか。アレですよ、『死体は黒幕の情報を吐かない』ってアレ」

慎一君が照れたように笑って言った。

「でも……私はあの場で待っててって言ったわよね？」

「え、あ、いや、すみません」

首を竦《すく》めて慎一君は謝ってくる。

理由は分からないけれど、やはりこの子は、他人の身の安全に比べて、自分のそれを妙に軽んじて考えるところがある。時にそれは人を英雄にもするが――当然ながら英雄になる前に死んでしまう人間の方が、圧倒的に多い。

ともあれ――

「この人、どうするんですか？」

「城へ連れていってエルダント勢に引き渡すのがいいでしょうね」

エルダントに間借りしている立場の我々には他国の人間を裁く権能はないし、相手が王族の従者ともなれば、迂闊《うかつ》な処理をすれば国際問題、外交問題に発展する。

もちろん、暗殺されかかった以上、すでにそういう次元の問題ではないとも言えるが――逆に言えば、相手の行為を不問にすることで、エルダント側はツェルベリク王国に対する大きな『貸し』を……いざというときに使える『切り札』の一枚を作ることもできるはずだ。

「光流《ヒカル》君、もう一人で歩ける？」

「あ……はい、すみません……ありがとう、エルビア」

慌てた様子で光流君はエルビアから離れる。

ちょっとまだふらついていたようだけれども――とりあえずは大丈夫のようだ。

「じゃあエルビア、運んでくれる？」

「はいっす！」

「気を付けてね。気絶しているはずだけど、一応」

「了解っす」

エルビアは暗殺者のところに駆け寄る。

その様子を見ていた慎一《しんいち》君が――気づいた。

「あれ？　この人……？」

「ええ。ルーベルト王子の従者よ」

「……!?」

直接、ルーベルト王子やその従者を見ていないエルビアはさておき……慎一君と光流君はずいぶんと驚いたようだった。ミュセルはミュセルで単に『占い師』としてしかこの暗殺者と会っていなかったせいで、それがツェルベリクの王族の付き人だと知って、別の驚き方をしているようだったけれども。

「ツェルベリクの仕業じゃないかとは、思っていましたけれど」

「まさか王子の付き人が直接って――」

あるいは、この女性――本職の暗殺者ではないのかもしれない。

最初から慎一君を暗殺する計画をツェルベリク王国側が立てていたのだとすれば、王子とは別行動で暗殺者を潜入させるはずだ。その方が万が一にバレても、王子達は知らぬ存ぜぬで押し通すことができる。

となると……

今回の暗殺未遂事件、ルーベルト王子が慎一君と直接顔を合わせた後で、泥縄的に計画されて、実行されたのかもしれない。皇帝陛下が思った以上に慎一君に心を寄せていることに気付いたルーベルト王子が、すぐに動かせる手駒の中で、事を起こそうとした……？

いずれにせよ——

「ガリウスさん達に、いろいろと報告しなきゃねえ」

私は肩を竦《すく》めると、大きく息を吐き出した。


翌日——神聖エルダント城・謁見の間。

豪奢《ごうしゃ》かつ精緻な装飾と、居並ぶ騎士達、そして何よりもその床面積の大きさによって帝国の権威を示す広間……そこには今、妙に緊張した空気が満ちていた。

奥の玉座に座るのは当然にペトラルカだ。

そしてその左右には、いつも通りに騎士ガリウスとザハール宰相。

一段下がった床には騎士達に加え、帝国の重臣達、そして僕や美埜里《みのり》さん、光流《ヒカル》さんといった〈アミュテック〉勢がいる。ただし今回に限って言えば、僕らも重臣達も傍観者だ。

場の主役はペトラルカと——そして、彼女の正面に相対している美丈夫《びじょうふ》である。

ツェルベリク王国の大使であり王子……ルーベルト。

彼とペトラルカを包む緊張の空気は、主に周りから、特に重臣達から発せられているもので、亜人種の重臣という独特の立場にあるエリックさんやライデルさんは、明らかに表情を強張《こわば》らせていた。

当然と言えば当然、今、この場で彼らの未来が決まるからだ。

本日――ルーベルト王子は帰国する。

つまりはペトラルカが、彼の求婚について、返事をするべき期限でもあるのだ。

ペトラルカの返事によっては、今後、神聖エルダント帝国における亜人種の立場が一気に悪化する可能性がある。少なくともツェルベリク王国の王子が、ペトラルカと結婚したからといって、亜人種に対して寛容な姿勢を見せるとは誰も思っていないのだろう。

ペトラルカの隣に立つザハール宰相も、エリックさんやライデルさんの懸念《けねん》について理解しているのだろう。彼も緊張を含んだ眼差《まなざ》しを、何度か重臣達や僕達の方に向けているのが見えた。

そして――

「……ルーベルト王子」

不意に――俯《うつむ》き加減で玉座に座るペトラルカが、口を開いた。

場に漂う緊張感がより濃度を増す。

それを知ってか知らずにか――

「例の……婚姻に関しての件じゃが」

ペトラルカが顔を上げる。

その際に僕は、彼女と目が合ったように——彼女が僕の方を一瞥《いちべつ》したようにも思ったのだけれど、これは僕の自意識過剰かもしれない。彼女は一瞬だけ口元を苦笑めいた形に緩めると、すぐさまこれを引き締め、まっすぐにルーベルト王子の方を見た。

「お断りする」

きっぱりと——ペトラルカは断言した。

後に続くのは痛いほどの静寂。

だがそれも長くは続かず、どこからともなく緩やかに湧いて出たざわめきが、謁見の間に広がっていった。

もちろん、僕達〈アミュテック〉勢は、こうなることが分かっていた。

しかしいろいろと時間がなかったせいで、エリックさん、ライデルさんには、何も話していない。見れば二人は——本来仲が悪いはずのエルフとドワーフの重臣二人は、大きく頷《うなず》いて互いに手を取り合っていた。台詞《せりふ》をあてるなら『よっしゃ！』てな感じ。

で——

「静まれ」

ざわめきを、騎士ガリウスが制する。

ルーベルト王子を見つめるペトラルカの目に迷いはない。ないように見える。その表情は静かで、何かを悟ったような——吹っ切ったような、落ち着きがある。いっそ大人びているとさえ言えるくらいだった。少なくとも僕にどうすればいいのかと相談してきたあのときとは、違うのが分かる。

　そしてルーベルト王子は——

「……そうですか」

　小さく肩を竦《すく》めた。

「残念です。実に残念です」

　口にする言葉は、確かに求婚の空振りを惜しんでいるようにも聞こえるけれど——その整った美しい顔にはなんら動揺の色はない。

「理由を聞くか？」

「いえ。引き際は心得ているつもりですよ」

　ペトラルカの問いに、小さな苦笑を浮かべてルーベルト王子はそう答えた。

「こうもはっきりと振られては、いっそ小気味良いほど」

「……そうか」

　とやはり苦笑を浮かべるペトラルカ。

「しかし、我が身の不甲斐《ふがい》なさとは別に、我が国と神聖エルダント帝国——六百年の長きにわたり続いた絆《きずな》は変わらぬものと信じております。同盟や交流は是非、今まで通りに」

「それは、もちろんじゃ」

　微笑を交わし合うルーベルト王子とペトラルカ。

　なんと言うか、美青年と美少女だからということもあるけれど、とても、振った女と振られた男の図には見えない。自分が幼馴染《おさななじ》みに振られたときのことを思い出すと、なんと言うか、イケメンというのは振られても格好いいものなんだなあと、思い知らされる。

まあ、そういうわけで。

予想以上に呆気《あっけ》なく、ルーベルト王子と、ペトラルカ・アン・エルダント三世陛下の婚姻問題は、終わりを告げたのだった。


謁見の間での一幕の——およそ一時間前。

僕達は小さい方の……つまり普段、僕がペトラルカ達に〈アミュテック〉の活動報告などを行ったりする方の、謁見の間にいた。広さは半分以下で、造りこそ似たような感じだけど、こちらは密談などもできるようにと、窓の類いがなく、壁や扉も分厚い。

そこにはペトラルカ、そして騎士ガリウス、さらにルーベルト王子の姿もあった。

そしてもう……一人。

木製の手枷足枷《てかせあしかせ》をはめられ、口には猿轡《さるぐつわ》まで嚙《か》まされた女性が一人、ルーベルト王子の前に転がされている。見た目にはひどい感じだが、エルダントでは標準的な罪人の扱いのようだし、他人を殺そうとした以上、この程度の仕打ちでもむしろ優しい部類だろう。

ルーベルト王子の従者。そして僕達を狙った暗殺者である。

「昨夜、シンイチ達の屋敷に刺客が訪れたそうな」

ペトラルカは淡々とした口調で告げる。

そして――

「この者はツェルベリクの人間、それもルーベルト王子、貴方《あなた》のお連れになった従者の一人に相違ありませんな？」

その後を継ぐ形でガリウスがそう言った。

もちろん、これは訊《たず》ねているのではなく、確認に過ぎない。この従者の顔はペトラルカもガリウスも見ている。美埜里《みのり》さんらが城内に設置したカメラの記録にも残っているとか。さすがにこっちは証拠としてエルダント側に提出はしにくいと思うけれど。

「…………」

ルーベルト王子は無言。

ただ彼は僕でも暗殺者でもペトラルカでもなく、まっすぐにガリウスを見つめていた。

「今回は手を引け」

ふとガリウスの口調が変わる。

友邦の王子に対するものではなく、多少ざっくばらんな、いわば友人知人に対するような喋《しゃべ》り方だ。ここには暗殺事件の当事者以外はいない。だからことさらに形式やら何やらを気にする必要もない、ということなのだろう。

「ツェルベリク側の思惑は、おおむね察していた」

ガリウスはペトラルカの方を一瞥《いちべつ》してからこう続けた。

「結婚はさせない」

断固たる口調だった。

僕達は——エリックさんやライデルさんを含め——ルーベルト王子がガリウスの元カレらしいという情報から、ガリウスが情に流され、ペトラルカとの婚姻をむしろ歓迎するのではないかと心配していたわけだけれど。

これはもうまったくの杞憂《きゆう》だったらしい。

「いかに他国の人間とはいえ、我々が国賓待遇で迎えているシンイチ達を手に掛けようとした事実——許し難《がた》い。陛下との婚姻だけを望むのならば、他に搦《から》め手を突く方法もあったろうに、少々事を急ぎすぎたな」

僕達の知らないところで、ガリウスはガリウスでいろいろと調べていたらしい。

ツェルベリク王国内の、ルーベルト王子の立場とか、最近の周辺諸国との関係とか。

細かい話は僕らも聞かされてはいないのだけど、ツェルベリク王国内の政争絡みで、ルーベルト王子は多少不利な立場にあるらしく。今回のことは、彼がペトラルカとの結婚という『一発逆転』を狙ったのが発端であるようだった。

「今回のことは公表せず、我々の胸の内に収めておく。ツェルベリク王国と事を構えるのは我々としても好ましくないからな」

「……ふむ」

さすがにこの場で言い訳などしても無駄だと察したのだろう。

ルーベルト王子は、唇の両端を釣り上げて苦笑の形を取り繕った。

「なかなか、やるものだ」

そう言ってルーベルト王子が見たのは、しかし、ガリウスではなく、僕だった。

え？　僕？　なんで？

毒殺に気付いて、暗殺者を捕まえたから？　でもそれってエルビアとか美埜里《みのり》さんのおかげであって、僕は大したことをしていない。それとも僕達全員をひっくるめて、その代表として僕を見たのだろうか。

しかし――

「なるほど、愛されているな」

「え……？」

なんでその言葉がここで出てくるの？

まったく意味が分からないんですけど……

「ど……どういう意味、ですか？」

「…………」

思わず問うてしまった僕に、しかしルーベルト王子はただ微笑を浮かべたまま、口をつぐんでいた。

謁見の間での『お断り』の……後。

ガリウスとルーベルト王子は人目を憚《はばか》るかのように、城内の通路をめぐり、二人して――二人だけで城の中庭へと出ていた。ちょうど、大きめの樹木が生い茂り、その木陰になっているせいで、周りの視線は届きにくい場所だ。

そこで……

「いつから分かっていた？」

綺麗《きれい》に整えられた広い庭園を見つめながら――長い沈黙の後、ふと思い出したかのような口調で、ルーベルト王子が、そう尋ねた。

「初めからだ」

ルーベルト王子と並びながらガリウスはそう言った。

しかし口調に抑揚はなく、顔もルーベルト王子の方には向けない。頑《かたく》なとも言えるほどに、微動だにせず、その翠《みどり》の瞳は、ただ同じ方向を見つめているだけだ。すぐ側《そば》にありながら、決して縮まることのない一定の距離を間に置いている、そんな雰囲気が、そこにはあった。

「求婚を申し出た思惑には気付いていたし、結婚をさせる気もなかった」

「そうか……」

あまりにも綺麗に企みがご破算になったからか……あるいはあくまでも余裕の態度を取り繕うためか、ルーベルト王子はむしろ晴れやかな笑顔で頷《うなず》いた。

「上手く騙《だま》せていたと思っていたんだがね」

「上手く……か」

ガリウスはどこか感慨深げにそう呟《つぶや》いた。

そして――

「そもそも……遡れば、お前が私に近付いたのも、今回のための、遠大な布石か」

とんでもないことを彼は言い出した。

それはつまり、ガリウスがツェルベリク王国で、ルーベルト王子とその、なんというか、アレな関係になったこと、それそのものが今回のための仕込みだったという意味？

それが何年前のことなのかは僕もはっきりと知らないけれど、だとすればなんて――

「もちろん、そうだとも」

あっさりとルーベルト王子は認めた。

認めちゃったよ、この人。

「今回の件の直接的な布石ではなかったがね。そのうち役に立つのではないか、程度の読みで幾つか打っておいた手の一つだ」

「あのとき、囁《ささや》いた言葉も、何もかもが――」

「俺達は王族だ」

ガリウスの言葉を遮るようにして、ルーベルト王子は言った。

「王族であるがゆえに、我らに恋愛の自由なぞ最初から存在しない。我らは国家の一部だぞ。すべては国家の安寧《あんねい》を図るための道具だ。己の感情も誰かへの好意もすべて――利用できるなら利用する。王族とはそういうものだろう？　それゆえに我らは無数の特権を与えられているのだ。違うか？」

同意を求めるかのように、ルーベルト王子は隣のガリウスに顔を向ける。

策謀家を自認した美青年の顔からは、微笑は綺麗《きれい》さっぱりと拭い去られ、代わりに浮かんでいるのは能面のように感情を欠いた表情だった。

「…………」

ガリウスは、ただただ無言でその場に立っていた。

彼もまた無表情のままだ。一瞬、ほんの一瞬だけ、彼の横顔に歪《ゆが》みのようなものが――自分の感情を持て余して泣き出す寸前の子供みたいな表情が見えたのは、僕の見間違いだろうか。瞬《まばた》きをして見直せば、彼の横顔はいつも通り、なんの揺らぎもない秀麗なものでしかなかった。

「……そうだな」

頷《うなず》くガリウス。

「まったくその通りだ」

「…………」

ルーベルト王子が曖昧に微笑む。

同意を得られて嬉《うれ》しい、という雰囲気ではない。

むしろ――

「さて、私はそろそろ行くよ」

そう言い残すと、ルーベルト王子は堂々たる足取りでその場を去って行った。

別れを惜しむ様子も双方共にない。ルーベルト王子の姿が中庭を囲む回廊の向こう側へと消えるまで――彼は足を止めもしなければ、振り返りもしなかったし、ガリウスはずっと同じ方向を見つめたままだった。

ひどくあっさりした別離だ。

僕はそう思ったのだけど――

「……はあ……はあ……」

一連のやりとりを物陰から覗《のぞ》いていた僕達は、目を血走らせて荒い呼吸を繰り返す美埜《みの》里《り》さんに気付いて、咄嗟《とっさ》に彼女を押さえ込みにかかった。

「っぴー」

BLキターッ――とでも叫びたかったのだろう。

しかし慌てて飛び掛かった僕と光流《ヒカル》さんの手で彼女の口はふさがれ――さらにその上から、暴れようとする彼女をロイクとロミルダが押さえ付けた。ちなみにこの二人はもともととお父さんズと共に登城していたので、万が一を心配した光流《ヒカル》さんが連れてきたのである。そして彼の懸念《けねん》は見事に的中したというわけだ。

「んむむむ、むーっ！」

口を塞がれているにもかかわらず叫んでいる美埜里《みのり》さん。しかしその声は、二人分の掌に押さえ込まれて、辺りには響かない。もごもごと唇を動かすせいで、掌がやけにくすぐったいのだけれど、そこは、我慢である。

そんなことを思っていると——

「——？」

不意に美埜里さんの身体から力が抜けた。

あれ？　ひょっとして、口を強く塞ぎすぎて窒息させちゃった？

「ミ、ミノリ先生？」

慌ててロイクとロミルダが美埜里さんから飛び退《の》く。

手を離された腐人自衛官はそのままずるずるとその場に座り込み、それどころか、中庭の地面に転がってしまった。

呼吸困難のように、ぱくぱくと開閉する唇。

ちょっと心配になって、僕が彼女の口に耳を近づけると——

「……古賀沼《こがぬま》美埜里……我が人生に悔いなし……」

ああ。イケメン二人の意味深すぎる会話を目の当《ま》たりにした結果、萌《も》え死んで——キュン死にしてるだけか。

一瞬で理解して僕は安堵《あんど》した。うん。放っとこう。

しかしロイクとロミルダはさすがにそこまでは分からなかったみたいで——

「ミノリせんせーッ！」

「逝《い》っちゃダメぇ⁉」

倒れたまま、萌え尽きて真っ白になっている（イメージ）美埜里さんの身体を、二人は懸命に揺すっている。

で——

「……シンイチか」

さすがに、五人も集まってそんなコントを近くでやってれば、気付かれないはずがない。ガリウスがこちらを振り返って声を掛けてきた。

「いや、あの、えっと」

「聞いていたのか」

微苦笑を浮かべてガリウスが言った。

立ち聞きを咎《とが》めてくるような様子はない。むしろ何かほっとしているかのような、そんな雰囲気さえ彼には感じられた。いつもの凜然《りんぜん》たる雰囲気ではなく、まるで、途方に暮れる幼い子供のような印象すらある。

さて、どう応じたものか。

そんなことを悩んでいる僕に——

「出番よ、慎一君《しんいち》」

いつの間にか、にゅっと復活した美埜里《みのり》さんが、僕の肩を摑《つか》んでそう囁《ささや》いてきた。

「はい……？」

さきほどまで瀕死《ひんし》だったくせに、指が僕の肩に食い込むほどの握り方だった。彼女はもう一方の手でずれた眼鏡を直しながら、妙に得意げな顔でこう続けた。

「昔の恋の傷を癒すには、新しい恋しかないわ」

「意味が分かりません。っていうか痛い、痛いから！」

助けて——と僕は美埜里さんのすぐ脇にいる光流《ヒカル》さんに目を向ける。

しかし彼はあろうことか、美埜里さん同様に僕の肩を摑んでこう言った。

「美埜里さんの言う通りです。コルドバル卿《きょう》を慰められるのは慎一さんだけですよ」

「うわっ」

次の瞬間、僕は二人に押されて、物陰から飛び出すことになった。

それもガリウスの立っている方向に。

「あ……と、と」

僕としては倒れないようにするのに精一杯。

気が付けば、数歩進んで、僕はガリウスのすぐ目の前に立っていた。

目と目が合って視線が絡む。

「ええと……その」

何を言えばいいのか分からず、僕は慌てて視線を逸らした。

すると——物陰に潜む美埜里さんと光流さんが、まるで応援するかのように両手の拳を握り込んで頷《うなず》いてくるのが見えた。

だから何を期待してるんですか、貴方《あなた》達は？

いや。まあ分かるけど。分かるけど——……

「なんだ、その重すぎる任務……」

まあ、今のガリウスが傷ついて落ち込んでいるのは僕が見ても分かるし、同性愛云々《うんぬん》を別にすれば、なんとか慰めてあげたいとは思うけれども。元引きこもりのニート、しかも誰かと交際した経験もないこの僕に、いったい何をどうしろというのか。

あたふたする僕を見て——ガリウスが苦笑した。

「……情けないところを見せたな」

そう言うと——彼は僕に背中を向けた。

まるで今の自分の顔を見られたくない、とでも言うように。

そのまま彼は中庭から立ち去るつもりなのか——歩き出した。いつもと同じく背筋の伸びた堂々たる姿勢であるはずなのに、どこか、その背中は元気がないようにも見えて。

「あ、あの、ガリウスさん」

「——ん？」

よかった。止まってくれた。

肩越しに振り返ってくるガリウスに、僕は、必死に頭を回転させながら慰めの言葉を取り繕った。さきほどまでの会話の言葉を一つ一つ、丁寧に思い出して、頭の中に並べ直して、別の解釈を探してみる。

そして——

「さっきのルーベルト王子が言ってたことなんだけど」

そう。『己の感情も誰かへの好意もすべて——利用できるなら利用する』という言葉。

あれは——

「あれって結局、ガリウスさんのことが好きってことだよね？」

「……!?」

ガリウスが珍しく、目を見開いて素《す》の——驚きの表情を浮かべた。

「政治の道具に使いはしたけど、ガリウスさんのことが好きな気持ちは本当だってことじゃない？　いわゆるツンデレ？」

その前の言葉もそうだ。

『王族であるがゆえに、我らに恋愛の自由など最初から存在しない』

あれは——聞きようによっては、どれだけガリウスを愛していようとも、王族という立場に生まれたがゆえに、それを率直に表現する自由はないのだ、という愚痴ともとれるのではないだろうか？

しかし――

「…………」

「も、もちろん、僕の勝手な、憶測だけど……」

黙り込むガリウスを前にすると、僕としても自信がなくなってくる。

そもそもルーベルト王子のことはガリウスの方が僕の百倍は知っているであろうから、

本当、僕は無責任な部外者の、的外れな意見を言っているだけなのかもしれないのだ。

そしてガリウスは――

「――そうか」

一瞬考えるような素振《そぶ》りを見せたあと、穏やかに笑った。

目を細めて何かを愛《め》でるようなその笑顔には――ペトラルカと似た部分がある。確かに二人は血縁なのだと思わせられる点だった。

決して元気潑剌《はつらつ》、というわけではないけれど……さきほどまでの黄昏時《たそがれどき》のような気怠《けだる》くも哀しい空気は消えていた。僕の気のせいじゃないとすると、とりあえず彼を慰めることについては上手くいった――のかもしれない。

僕はほっと短く息を吐いた。

「じゃあ僕はこれで……」

役目は終わったと、僕はみんなのところに帰ろうと、歩き出す。

しかし次の瞬間、僕は手を引っ張られてがくんとつんのめった。歩み寄ってきたガリウスが僕の手を掴《つか》んできたからだ。

「ありがとう、シンイチ」

僕の手を強く握ったままガリウスはそう言った。

「う、うん。元気が出たならよかったよ」

ガリウスの顔が必要以上に近い気がして、僕は彼から顔を背ける。

元気が出たならそれは何よりだ。僕の役目はここで終わったのだから、早くみんなのところに帰りたい。帰りたい！　大事なことなので二回言いました！

……などと胸の内で主張しても、ガリウスに伝わるはずもなく。

「シンイチのおかげで、いろいろと吹っ切れたような気がする」

彼は慈しむような笑顔でそう言ってきた。

……慈しむ？

「そ、そう……」

「ところでシンイチ、今回のことで何か思うところはないのか？」

「え？　何が？」

「……そうか」

えっと……？

一瞬ガリウスの表情に陰りが見えたような気がしたけれど、まあたぶん気のせいだ。

真剣な顔で僕を見つめてくる視線はやけに熱っぽくて……僕としては目を逸らしたいと

いうか、早く放してほしい。ぷりーず。

「あ、あの……」

頼みもしないのに爆発的に膨れあがる嫌な予感。

僕は助けを求めて物陰からこちらを覗《のぞ》いている皆を振り返った。

しかしロイクとロミルダはわけが分からないといった様子で目を丸くしているだけだし、光流《ヒカル》さんはむしろ僕の窮状を愉《たの》しんでいるかのように笑っているし、美埜里《みのり》さんに至っては『良し《ベネ》！』とばかりに親指を拳から突き立てている。

いや。良し！　じゃないから！

「——シンイチ」

僕の名を囁《ささや》くガリウスの声が、つまりは顔が、やたらに近い。

いや。だから近い、近すぎるって！

これがもしギャルゲーであったなら、どこで僕は分岐点を間違えてしまったのだろう？

勝手に開こうとする新しい世界の扉を、努めて見ないようにしながら……僕は現実逃避にそんなことを考えていた。


ルーベルト王子が帰って、数日後。

僕達〈アミュテック〉の面々は、小さい方の謁見の間で、定例の報告を行っていた。

ちなみに今日はミュセルも一緒だ。もともと学校の方で授業を手伝ってもらう日だというこどもあるのだけれど——それ以前に、ルーベルト王子がいる間は、ハーフエルフでしかもメイドという立場の彼女は、遠慮して城に近付かなかったのである。

ともあれ……

「今回のことは良い教訓になった」

玉座に座ったペトラルカが開口一番にそう言った。

「今回のこと？」

「ルーベルト王子の一件じゃ」

首を傾《かし》げる僕にペトラルカは苦笑してそう言った。

ルーベルト王子がエルダントを去って数日が経過しているので、僕はまた別の話かと思ったのだけれど——

「急ぐ必要はないのだ」

何故かペトラルカは僕から視線を外し、明後日《あさって》の方向を見遣《みや》って、そう言った。

「ゆっくり悩んで、ゆっくり考えて、答えを出そうと思う」

答えって……ああ、ルーベルト王子との結婚、というより、これから増えるであろう求婚のことか。僕ら、二十一世紀の日本人の感覚だとまだ若い——結婚するには若すぎるとも言えるペトラルカだけれど、こちらの世界ではまた違う感覚なのだろう。皇帝陛下という立場上、身を固めることを早々に求められるだろうし、それを見越して縁談を持ってくる相手は国の内外で数多くいるだろう。今回はきっぱり断って白紙に戻ったけれど――ペトラルカの結婚という懸案が、なくなったわけではないのだ。

「ニッポンの感覚では、まだ結婚は早いくらいなのじゃろう？」

「まあ――そうだね」

日本は晩婚化が進み、少子化も問題になっていたりするけど、まあ十代で結婚というのは世界的に見ても早婚に分類されるだろう。

ペトラルカは子供に見られるのを嫌っていたというか、すでに大人であることを強調したがっていて……結婚も、むしろ自分が大人であることを主張するために、早々としてしまいそうな印象があった。

しかしことさらに『大人』だと主張したがるのは、子供である証拠とも言える。

その意味では、ペトラルカも成長した――ということなのかもしれない。本当に大人になるには、まず、自分が子供であることを認める必要があるのだ。そんな気がする。僕もまだ小僧なので偉そうなことは言えないんだけれどね。

「そういうわけで――な」

ペトラルカは玉座の肘掛けに右肘を置いて身を傾け――僕ではなく、僕の横に立っているミュセルへと視線を移す。皇帝陛下に見つめられ、ミュセルが慌てて姿勢を正すのが分かった。

「じっくり考えるから、抜け駆けは許さんぞ、ミュセル」

「え……？」

間の抜けた声を漏らしたのは僕だった。

なんで、ここでいきなりミュセル？

ひょっとして、自分が誰かと結婚するまでは、ミュセルも誰ともするなってこと？

いや、いくらなんでもそれは横暴すぎない？　それとももっと別の意味？

しかしわけが分からないと思ったのは僕だけだったようで、ミュセルは一瞬、怯《おび》えたように身を震わせてから——驚いたことに、はっきりと首を縦に振った。

「分かりました」

「うむ」

お互いに頷《うなず》き合うミュセルとペトラルカ。

皇帝陛下とメイドという天地ほども違う立場の二人なのに、なんと言うか、互いを認め合う好敵手同士……みたいな雰囲気が感じられたのは、僕の気のせいだろうか。

なんだか妙に居心地が悪いような気がして僕は視線を彷徨《さまよ》わせる。

すると——ペトラルカの脇に立っていたガリウスと目が合った。

合ってしまった。ををう。これ以上ないってくらいにばっちり目が合ってしまった以上、露骨に目を逸らすのも気が引ける。僕は笑顔を取り繕って当たり障りのない台詞《せりふ》を探した。

「えっと、今回はガリウスさんもいろいろと大変だった、ね……？」

まずい。言ってしまってからそう思う。

この話題はガリウスの傷に塩を塗り込むようなものだ。

しかし――

「……いや」

ガリウスは気分を害した様子もなく、むしろ朗らかな笑みを浮かべて言った。

「今回のことでいろいろと私も考えることができた」

「あ、そうなの？」

ガリウスの表情は晴れやかに見える。

どうやらルーベルト王子の一件は彼の中で一応、解決済みであるらしい。何をどう納得したのかは僕には分からないけれど、まあ、彼に何か得るものがあり、そのうえで元気になったのなら、それはいいことだと思う。

ガリウスは笑顔のまま――

「見栄や体裁《ていさい》より実《じつ》を取る――という方法もあるのだ」

「……はい？」

「別に公式の結婚はできずとも、実質的な関係をもつという手がある」

「へ……？」

いったいなんの話？

あ、いや、ルーベルト王子がペトラルカと結婚しつつ、ガリウスとも——みたいなことを企んでいたとしたら、それは確かに今回の一件で提示された方法で……いわば王族、帝族が結婚に際して採れる『裏技』の一つであるわけだけども。

なんでそれがいまさら出てくる？

それも妙にその——真剣な表情で、僕を見ながら？

僕がわけも分からず焦っていると——

「なるほど、その手が！」

ペトラルカが手を打ってそう言った。

どうも僕よりも先にガリウスの発言内容について理解したみたいなんだけど。

いったい——

「……痛っ⁉」

話が読めずに困惑している僕の背中を、誰かが強く叩《たた》いた。

振り返って見れば、美埜里《みのり》さんが口元を左手で覆《おお》い隠しながら、右手で僕の背中を遠慮なくバシバシ叩いていた。堪《こら》えきれない、といった様子で、何度も何度も、しつこく。

いったい何なの？

「公開プロポーズなんて……ガリウスさんも……やるわね！」

と美埜里さんは満足げに言った。

「は……？」

「やだぁ、照れなくてもいいのよ⁉」

うふうふ言いながらさらに僕の背中を叩《たた》いてくる美埜里《みのり》さん。

うん。分かった。何がなんだかよく分からないけど美埜里さんがまたポンコツ状態になっているのはよく分かった。

「意味が分かりません。てか痛いですって」

いくら女性とはいえ、自衛官として訓練を積んだ彼女に平手で背中を叩かれるのは、ものすごく痛い。

そして——

「あ、あの、シンイチ様」

「え？　な、何？　ミュセル」

「あの……わ、私も頑張ります……！」

「え？　え？」

何？　ミュセルまで何？　なんで『決意しました！』的に両手の拳を握りしめたりなんかしちゃって……本当に分かってないの僕だけ？

「ね、ねえ光流《ヒカル》さん」

とりあえず僕はこの面子《メンツ》の中で、一人今まで無言を貫いていた光流さんの方を向く。

中二病全開発言の目立つ彼だけど、逆に言えば、斜に構えたその態度は、冷静さの現れでもあるわけで——この場ではたぶん、いちばん、客観的に状況を見ているはずだ。

しかし……

「いったい、皆、なんの話を――」

「…………」

光流さんは額に手を当てて長々と溜《た》め息を一つ。

それから僕の方を見つめる両目をすっと細めて――

「そろそろ殴りたくなってきました」

「え⁉」

「本当にねー」

「み、美埜里《みのり》さんまで⁉」

ああ、本当に分かってないの僕だけ⁉

「鈍すぎるのもある意味、病気だと思いますよ？」

病気とか言われた！

え？　鈍いって僕が？

それは――

「だ、だから何が……」

「ハァ……」

光流さんがこれ見よがしに、大きく溜め息を吐《つ》く。

……………………あ。

そこでようやく僕の中で幾つかの断片が噛《か》み合った。

ミュセル。ペトラルカ。そして僕。

それは、でも——

「まあ猶予期間はあるようですし？　じっくり考えてくださいな」

緊張感のあまりに、凍り付いて脂汗を垂らす僕に向けて——皮肉げな表情を浮かべながら、光流《ヒカル》さんがそう言った。


（つづく）

あとがき

どうも、軽小説屋の榊です。

『アウトブレイク・カンパニー　萌《も》える侵略者』十二巻をお届けいたします。

恐らく皆さんお待ちかね、『彼』にフォーカスした話です!!

…………

…………

いや。あの。待ってくれてた、よね？（気弱）

まあ表紙はさすがに単独ではなく、ペトラルカとの兄妹《きょうだい》（？）ショットになりました。ガリウス単体だとそもそも、『アウトブレイク・カンパニー』の新刊だと、読者の皆様に認識して貰えない怖れがあるというか、本巻は内容的にＢＬ本の棚におかれてしまいやしないかと……（考えすぎ）。

ちなみにこの話、元々私の頭の中にはカケラも無かったプロットなのですが。

『アウトブレイク～』がアニメ化した際に――

「榊さん。これはあれですよ。ガリウスの元カレ話をやるですよ！　きっと若い頃に何処かにガリウスが留学していて出会った、イケメンですよ！　●●で■■で『久し振りだな』とか言いながら髪に触ったりするんですよッ……！」

——などと、友人の作家さん、ラノベとしては『銃姫《じゅうひめ》』や『カーリー』等で、一般文芸としては『トッカン』等で、更に漫画原作としては『魔界王子』等で大変有名な、高殿《たかどの》円《まどか》女史が、吠………もとい、力説してくださったのが切っ掛けだったりします。

高殿先生、ありがとう。いやマジで。

で、うちの良い具合に腐ってるアシスタントの子にガリウスと元カレとの会話とかは基本的に任せる感じで——というか「任せてください！　つか書かせて！」と美埜里《みのり》さんばりに鼻息荒いので、任せて、原稿に組み込みましたですよ。

まあ、そもそも美埜里さんの腐女子的な台詞《せりふ》部分は、以前からちょこちょこ彼女が担当しているのですが（さすがにそのまま、という訳にはいかないので、私がキャラ性とか前後の流れを鑑みて、細部を手直ししながら組み込んでます）、今回は主題がソッチ方面って事で、思い入れが違ったようです。

まあ、床と天井の切ない関係とか、スプーンに言い寄るフォークとか、私には到底思いつかないからなんですが。ををう。広がる無限の可能性。

ちなみにこの時点では未だ短編の予定だったのですが、いざ、本文を書いてみると色々こっちも興に乗ってきて、やたら長くなってしまいまして。

というか本当に延々ガリウスとルーベルトの話だけ書いていると変な扉が開きそうな気がしたので（多分、気のせい。気のせいですよ?-）、別の流れも組み込んでこういう形になりました。

なので本巻では、なんかもう美埜里さんがすっかりポンコツです。

でもロイクじゃないですが、こういう彼女が一番可愛い気もするんだよな……

さて、二、三冊前からシリーズ全体のオチに向けた仕込みをしてたりしますが（別に今すぐ終わるとか、そういう意味ではありません、念の為）、本巻ではラブコメ系の定番、進みそうで進まない三角関係（多角関係）、とかを敢えて崩しに掛かってます。

結果——今回の話、ペトラルカ話としての側面については、シリーズ全体の要点の一つにもなっております。

最終的に慎一がハーレムを築くのか、いろいろもつれた挙げ句、誰かに刺されるのか（おい）、未だ細かい処は作者も決めかねていて分かりませんが——読者の方々には生暖かく見守っていただければと思います（笑）。

ちなみに特に言及はしていませんが、十一巻の最後のアレでは、駆け付けてくれた美埜里さんとバケツ一杯の冷水の威力により、慎一の純潔――というか何と言うか、まあ、その、アレは守られています、念の為（笑）。

何はともあれ、恋愛ネタ尽くしの十二巻でありました。

更に色々積み上げていく予定ですので、十三巻以降も宜しくお願いします！

２０１５年１月29日

榊一郎

講談社ラノベ文庫

アウトブレイク・カンパニー 萌《も》える侵略者《しんりやくしや》12

榊《さかき》 一郎《いちろう》

2015年2月27日第1刷発行

発行者	清水保雅
発行所	株式会社　講談社 〒112-8001 東京都文京区音羽2-12-21
電話	出版部　(03)5395-3715 販売部　(03)5395-3608 業務部　(03)5395-3603
デザイン	ムシカゴグラフィクス
本文データ制作	講談社デジタル製作部
印刷所	豊国印刷株式会社
製本所	株式会社フォーネット社

ISBN978-4-06-381443-9　N.D.C.913　321p　15㎝
定価はカバーに表示してあります

無限の住人
刃獣異聞《にんじゅういぶん》

原作・イラスト／沙村広明　著／大迫純一

小説版ネオ時代劇
見参！ 最強最凶の敵!!

父を殺され、母を奪われた、浅野道場の一人娘・凜は、逸刀流への復讐を誓う。そして、『百人斬り』と呼ばれる、死なぬ体を持つ男・万次を用心棒として仇討ちを図るが、その両者の間に謎の第三の敵が現れた。イヌガミと呼ばれる怪物は、不死身の万次や、超越した刀術を持つ逸刀流の剣士達に匹敵する力を持っていた。その戦慄すべき正体とは!? 怒濤の小説が幕を開ける！

講談社ラノベ文庫
毎月2日発売
テニス×執事×お嬢様!?
第3回講談社ラノベ文庫新人賞〈優秀賞〉受賞作!
サービス&バトラー 1~3
著 望月唯一
Ill. 成沢 空
日本有数のセレブ学校——私立悠宮学園。ここのテニス特待生だった俺こと水瀬直哉は、肘の故障のため退学することになっていた。だが退学予定の朝、俺はテニス初心者のお嬢様・神坂陽菜と、そのメイドである月城芹葉と出会う。そして俺は陽菜の依頼により、執事として彼女の家に住み込みでテニスを教えることになるが……!?
「じゃあ、とりあえず走り込みからしようか。Eカップが揺れるし」
「思いっ切りやる気なくなったんだけど!」
「いいから胸揺らしてこいよ」
「もう走り込みですらなくなった!」
新人賞〈優秀賞〉受賞作のテニス×執事×お嬢様な学園ラブコメ!
公式サイト http://www.serviceandbutler.com/
第3回講談社ラノベ文庫新人賞〈優秀賞〉受賞作品

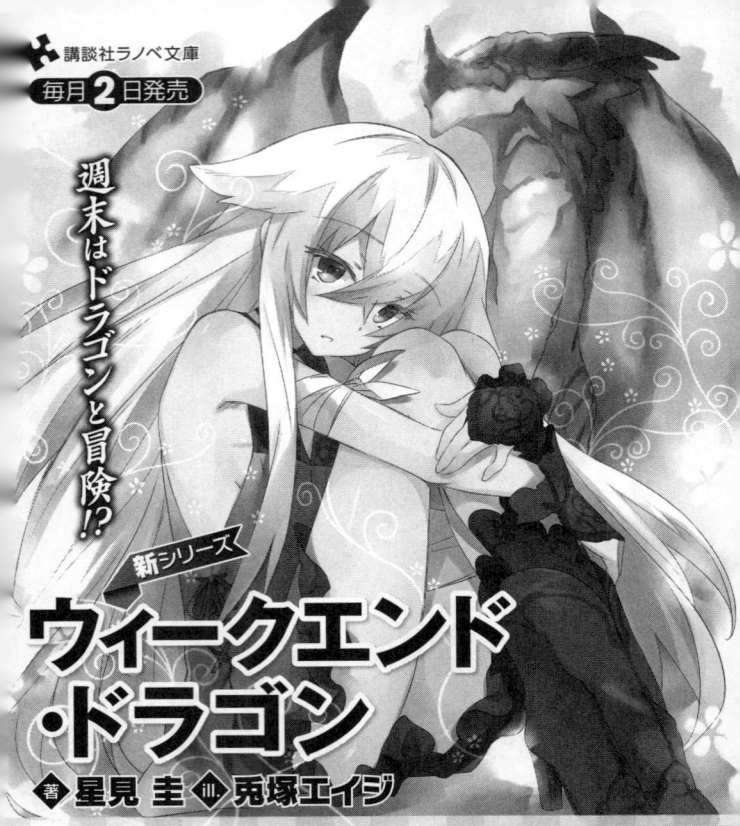

新たな世界を切り拓け!!
光輝くあなたの才能《ちから》、お待ちしております。
講談社
ラノベ文庫
2大新人賞
募集中
!!!
第5回
講談社
ラノベ文庫
新人賞
応募締切
2015年4月30日
(当日消印有効)
第5回
講談社
ラノベ
チャレンジカップ
応募締切
2015年10月31日
(当日消印有効)
イラスト:ゆーげん